Nathacha Appanah

Der letzte Bruder

Zu diesem Buch

Der zehnjährige Raj lebt in einem Dorf am Rand der Zuckerrohrplantagen von Mauritius, allein der Gewalt seines Vaters ausgeliefert, nachdem seine beiden Brüder bei einem Unglück ums Leben gekommen sind. Als er den gleichaltrigen David kennenlernt, scheint es, als habe er endlich wieder einen Freund und Bruder gefunden. Doch David ist mit seiner Familie – jüdische Flüchtlinge, die von der britischen Mandatsmacht in die Kolonie deportiert wurden – in einem Gefängnis eingesperrt, in dem Rajs Vater als Aufseher arbeitet. Als David schließlich die Flucht gelingt, beschließen die beiden Freunde, gemeinsam davonzulaufen. Eine Odyssee beginnt ... Erst als sich Raj nach Jahren seinen Erinnerungen stellt, erfährt er die wahre Geschichte seines Freundes und dessen Familie.

»Appanahs Stärke liegt in der Schlichtheit ihrer Sprache und dem Vermögen, kraftvolle Bilder heraufzubeschwören.« *Le Nouvel Observateur*

Die Autorin

Nathacha Appanah, 1973 auf Mauritius geboren, arbeitete in ihrer Heimat als Journalistin. Seit 1998 lebt sie als Autorin in Paris. *Der letzte Bruder* war in Frankreich ein Bestseller. Von der Kritik hoch gelobt, wurde der Roman in mehr als fünfzehn Sprachen übersetzt.

Mehr über Buch und Autorin auf *www.unionsverlag.com*

Nathacha Appanah

Der letzte Bruder

Roman

Aus dem Französischen von Karin Krieger

Unionsverlag
Zürich

Die Originalausgabe erschien 2007
unter dem Titel *Le dernier frère* bei Editions de l'Olivier, Paris.
Die deutsche Erstausgabe erschien 2009
im Albrecht Knaus Verlag, München.

Im Internet
Aktuelle Informationen,
Dokumente, Materialien
www.unionsverlag.com

Unionsverlag Taschenbuch 583
Mit freundlicher Genehmigung des Albrecht Knaus Verlags, München

Rieterstrasse 18, CH-8027 Zürich
Telefon 0041-44-283 20 00, Fax 0041-44-283 20 01
mail@unionsverlag.ch

Reihengestaltung: Heinz Unternährer
Umschlaggestaltung: Martina Heuer, Zürich
Umschlagbild: Galyna Andrushko
Druck und Bindung: CPI, Clausen & Bosse, Leck
ISBN 978-3-293-20583-6

I

Gestern habe ich David wiedergesehen. Ich lag in meinem Bett, mein Kopf war leer, mein Körper leicht, nur eine sanfte Schwere zwischen den Augen. Ich weiß nicht, warum ich den Kopf zur Tür wandte, David hatte ja keinen Lärm gemacht, nein, er hatte keinen Lärm gemacht, es war nicht wie früher, wenn er ein wenig schief ging oder lief und ich mich jedes Mal wunderte, wie sein magerer Körper, seine Beine und seine Arme, lang und dünn wie das Schilf am Ufer der Flüsse, und sein Gesicht unter dem wie Wellenschaum weichen, luftigen Haar, wie all das, dieses Zusammenspiel kleiner, sanfter Harmlosigkeiten, so viel Lärm auf dem Boden machen konnte, wenn David unterwegs war.

David lehnte am Türrahmen. Er war groß, das überraschte mich. Er trug eines dieser leichten Leinenhemden, die schon von Weitem gefallen. Seine Haltung war lässig, ein Fuß locker über den anderen gestellt, die Hände in den Taschen. Ein Lichtschimmer lag auf seinem Haar, und seine Locken glänzten. Ich spürte, dass er sich freute, mich zu sehen, nach all den Jahren. Er lächelte mich an.

Vielleicht merkte ich in genau diesem Augenblick, dass ich träumte. Ich weiß nicht, woher es kommt, dieses Aufzucken des Bewusstseins, und ich frage mich, warum die Wirklichkeit manchmal so in den Traum einbricht. Diesmal war mir dieses verschwommene Gefühl höchst unangenehm, und ich rang darum, mich davon zu überzeugen, dass David tatsächlich da war, dass er ganz einfach geduldig wartete, bis ich aufwachte. Ich sagte mir: He, ich werde ihn ein bisschen aufziehen, ihm etwas sagen wie: Na, du Adonis, du siehst ja aus wie ein Filmschauspieler, doch ich brachte keinen Ton heraus. Mit übermenschlicher Anstrengung versuchte ich, meinen Mund aufzureißen, ich kämpfte und kämpfte, meine Kehle dörrte aus, unglaublich, wie real diese Empfindung war, Luft drang in großen Schlucken in meinen weit geöffneten Mund und trocknete alles aus. Da merkte ich, dass ich gleich aufwachen würde, und ich dachte, wenn ich stillhielte, könnte der Traum noch andauern. Also blieb ich in meinem Bett liegen, schloss den Mund und schaute weiter zur Tür, konnte jedoch die Traurigkeit, die schon in mir aufstieg, nicht zurückhalten.

Genau in dem Moment, als der Kummer über mich hereinbrach, kam David näher. Mit einer vollkommen geschmeidigen Bewegung löste er seine Schulter vom Türrahmen, ohne die Hände aus den Taschen zu nehmen, und trat drei Schritte vor. Ich zählte mit. Drei Schritte. David war groß, stark, erwachsen und schön, bildschön. Jetzt wusste ich endgültig, dass ich träumte und nichts dagegen tun konnte. Das letzte Mal hatte ich ihn gesehen, als er zehn Jahre alt war. Und trotzdem stand mein David jetzt da, vor mir. Eine unglaubliche Zärtlichkeit ging von ihm aus, etwas Unerklärliches, wie ich es in den kostbarsten

Momenten meines Lebens gespürt hatte: als ich noch im Norden wohnte, als kleiner Junge, und ich meine beiden Brüder hatte, und auch als ich jene wenigen Sommertage mit ihm verbrachte, im Jahr 1945.

Wie ich so in meinem Bett lag, schämte ich mich ein wenig. Ich war keine Traumgestalt. Für mich hatte es seit David sechzig lange Jahre gegeben, und niedergedrückt auf mein Bett spürte ich jeden einzelnen Tag. In dieser ganzen Zeit hatte ich kein einziges Mal von ihm geträumt. Auch am Anfang, als ich tagtäglich an ihn gedacht hatte und er mir so sehr gefehlt hatte, dass ich hätte heulen können, dass ich hätte sterben können, war er mir nie im Traum erschienen. Wäre er doch nur früher gekommen, als ich noch ein bisschen war wie er, jung und stark. Auch ich hatte früher so dastehen können wie er, mit erhobenem Kopf, die Hände in den Taschen, der Rücken gerade. Auch ich konnte damals den Adonis geben, den Filmschauspieler.

Hätte ich meinen Hals gereckt und mich ein wenig auf die Ellbogen gestützt, hätte ich sein Gesicht besser erkennen können, doch ich traute mich nicht, mich zu rühren. Ich wollte, dass der Traum andauerte, ich wünschte mir, David möge näher kommen. Ich rechnete: Noch zwei Schritte, und er wäre in Reichweite, in Sichtweite. Dann könnte ich ihm endlich in die Augen schauen. Ich könnte aufstehen, ihn freundschaftlich knuffen und ihn in die Arme nehmen, all das blitzschnell, bevor ich aufwachte, sodass ich den Traum gewissermaßen überrumpelt hätte. Ob er wohl noch den abgebrochenen Schneidezahn hatte, den Rest von diesem Zahn, der zu Boden fiel, als ich David beim Flugzeugspielen losließ? Ich hielt ihn in der Waagerechten, er hatte die Hände nach vorn gestreckt. Er schrie und lachte, während ich einige Meter vorwärtsstürmte. Er war federleicht, doch ich stolperte. David lachte noch am Boden, und ich war es, der als Erster sein ramponiertes Lächeln und seine blutigen Lippen bemerkte, doch er lachte immer noch. Er spielte schrecklich gern Flugzeug, wollte gleich weitermachen und hatte keine Zeit, sich zu bemitleiden. Andernfalls hätte er bei allem, was er mit seinen zehn Jahren schon erlebt hatte, wohl von morgens bis abends geweint.

Es heißt, man träume kurz vor dem Tod sonderbare Dinge. Meine Mutter träumte lange Zeit, dass mein Vater ihr in seinem braunen Anzug erschien, fertig, um zur Arbeit zu gehen, und dass er zu ihr sagte, komm mit, ich brauche dich. Im Traum weigerte sich meine Mutter rundheraus und schroff, wie sie mir mit einer Spur von Entsetzen in der Stimme erzählte, sie, die ihm zu seinen Lebzeiten kaum je etwas verweigert hatte. Ich frage mich, ob in der Nacht, als meine Mutter im Schlaf starb, ich frage mich, ob sie es in jener Nacht nicht sattgehabt hatte, Nein zu sagen, und meinem Vater in die Finsternis gefolgt war.

David hingegen sagte nichts, er stand still da und sah mich an, zwischen Schatten und Licht. Der Staub, der in der Morgendämmerung schwebte, erinnerte mich seltsamerweise an Flitterwerk. Es war eigentlich ganz angenehm, ein trauriger und zugleich wohltuender Traum, ein violettes Licht war im Zimmer, und ich sagte mir, jetzt könnte er mich getrost mitnehmen. Ich bin ein schmächtiger, alter Mann geworden, und wenn wir noch einmal

Flugzeug spielen würden und er mich, so wie ich ihn vor mehr als sechzig Jahren, versehentlich fallen ließe, ginge mein ganzer Körper in die Brüche.

Plötzlich hatte ich genug vom Warten, streckte die Hand nach ihm aus, und schon war es Morgen, mein Zimmer war leer, das Licht gleißend, David verschwunden, der Traum zerronnen, meine Hand erhoben, unter dem Betttuch hervor, taub und eisig, mein Gesicht tränenüberströmt.

*

Kurz nach dem Frühstück rief ich meinen Sohn an. Ich fragte ihn, ob er mich nach Saint-Martin fahren könne, er sagte, natürlich, wann du willst, ich komme heute Mittag. Mein Sohn ist selbständig, hat kaum Zeit, etwas anderes zu tun als zu arbeiten, ist nicht verheiratet, hat keine Kinder, geht selten spazieren und ruht sich fast nie aus. Doch für mich scheint er in den letzten Jahren alle Zeit der Welt zu haben. Weil ich alt bin, weil ich die einzige Familie bin, die ihm bleibt, und weil er Angst hat.

Punkt zwölf Uhr mittags war mein Sohn da, und ich war schon seit gut einer Stunde fertig. Wenn man alt wird, ist man in allem viel zu früh, aus der Sorge heraus, es nicht rechtzeitig zu schaffen, und dann langweilt man sich, weil man auf die anderen warten muss. Ich trug eine schwarze Hose, ein blaues Hemd und ein leichtes Jackett. Wie früher steckte ich einen kleinen, beigefarbenen Kamm mit eng stehenden Zinken und ein sorgsam zusammengefaltetes, weißes Taschentuch in die Innentasche meines Jacketts.

Ich nahm auch das kleine rote Kästchen mit und behielt es in der Hand. Lächelnd dachte ich, dass ich wohl das Bild eines Mannes bot, der kurz davor ist, einen Heiratsantrag zu machen. Gern hätte ich meine Schuhe geputzt, doch allein schon der Gedanke daran erschöpfte mich völlig. Also setzte ich mich hin und rieb die Schuhe, so gut es ging, auf beiden Seiten am Wohnzimmerteppich ab. Das dabei entstehende Geräusch wirkte etwas einschläfernd auf mich. Als ich das Motorengebrumm vor dem Gittertor hörte, stand ich auf und sah, auf meinen Stock gestützt und in gleichsam strammer Haltung, meinem Sohn entgegen.

Das Auto ist neu und glänzt ganz und gar grau. Metallicgrau, erläutert mein Sohn stolz. Er sagt nichts zu meinem Aufzug, hilft mir in den Wagen, legt mir den Sicherheitsgurt an, verstellt ihn so, dass er mir nicht zu eng ist, räumt meinen Stock auf den Rücksitz, und jedes Mal, wenn unsere Blicke sich begegnen, schenkt er mir ein breites Lächeln, das sich bis zu den Ohren zieht und seine Augen in Fältchen legt.

Für eine kurze Weile erzählt er mir von seiner Arbeit, er ist in der Informatik tätig, doch es ist nicht leicht, mit einem Alten wie mir, der rein gar nichts davon versteht, über Computer zu reden. Daher spricht er über seine Angestellten, über die Jugendlichen, die er ausbildet und die ihn sehr bald wieder verlassen, weil, wie mein Sohn sagt, der Beruf des Informatikers eben so sei, ständig in Bewegung. Als ich ihm mitteile, dass wir zum Friedhof von Saint-Martin fahren, sagt er, in Ordnung, Papa, kein Problem. Wahrscheinlich wundert es ihn nicht, dass ich auf den Friedhof gehe. Die meisten meiner Freunde sind tot, wir gehören zu denen, die ein hartes, arbeitsreiches Leben hatten, und zwangsläufig sterben wir früh, entkräftet und wohl auch etwas ungeduldig, endlich ein Ende zu machen.

Mein Sohn stellt klassische Musik an, vergewissert sich, dass die Fenster gut geschlossen sind, reguliert die Temperatur im Auto auf zwanzig Grad, hält sich an die Geschwindigkeitsbegrenzung und streckt jedes Mal, wenn er etwas hart bremst, den Arm aus, um mich zu beschützen. Am liebsten möchte ich ihm sagen, er brauche nicht solche Angst um mich zu haben – und nicht solche Angst um sich selbst.

In Saint-Martin rollen wir über einen Weg aus Lehm oder Sand, auf den die großen Akazien Hunderte von winzigen Schalen geworfen haben. Der Wagen holpert, und das rüttelt uns auf. Schon seit Langem weiß ich, dass David auf diesem Friedhof liegt, zusammen mit den anderen, die an Erschöpfung starben, an Ruhr, Malaria, Typhus, Kummer, Wahnsinn. In den ersten Jahren, als die Erinnerung an David mich keinen Augenblick verließ, war ich zu jung, um hierherzukommen und mich mit all dem auseinanderzusetzen. Später nahm ich mir vor, an bestimmten Tagen zu kommen – an meinem Geburtstag, an seinem Todestag, Neujahr, Weihnachten –, doch ich kam nie. Vermutlich hatte ich nicht den Mut dazu, und offen gesagt, glaubte ich nicht, dass ich es überhaupt jemals über mich bringen würde. Dabei kommt es mir heute, da ich von David geträumt habe, ganz leicht und selbstverständlich vor, ich habe keine Angst, bin nicht traurig.

Der Friedhof ist sehr gepflegt. Eine niedrige Mauer aus roten Backsteinen wie die der englischen Häuser umgibt ihn. Die Gräber, über denen sich jeweils ein Davidstern erhebt, liegen in Zehnerreihen vor dem leuchtend blauen Meer – Metallicblau würde mein Sohn vielleicht dazu sagen. Mit den Bäumen ringsumher sieht es aus, als warteten diese Sterne darauf, dass sich der Himmel herabsenkt. Mit neun Jahren war ich davon überzeugt, dass David mich auf den Arm nahm, als er mir erzählte, der Stern, den er um den Hals trug, heiße wie er. Ich war beleidigt. Du willst mich für dumm verkaufen, antwortete ich ihm aufgebracht. Aber nun ja, was wusste ich denn mit meinen neun Jahren von den Juden und vom Davidstern?

Mein Sohn hilft mir aus dem Auto, hält mir den Stock hin, und ich gehe allein los. Auf dem Lageplan am Eingang mache ich Davids Grab ausfindig. Mein Sohn sitzt wieder im Auto, ich weiß, dass er mich beobachtet, trotzdem ziehe ich den Kamm aus meiner Tasche und glätte meine dichte, graue Mähne, die mit dem Alter weder feiner noch dünner geworden ist. Ich strecke mich, schließe die beiden obersten Knöpfe meiner Jacke, rücke die Manschetten meines Hemdes zurecht und mache mich auf den Weg. David liegt im Osten, wo der Morgen ist, er muss einer der Ersten sein, die Sonne bekommen. Ich gehe langsam, versuche, die Erwartung in die Länge zu ziehen wie in der vergangenen Nacht den Traum. Ich lese die Inschriften auf den Gräbern, Bilder schwirren mir durch den Kopf, meine Erinnerungen tauchen mit einer solchen Heftigkeit auf, dass ich ihr Gewicht auf meiner Brust spüre, ich habe ihre Farben vor Augen und ihren Geschmack wieder im Mund, ich muss langsamer gehen, tief durchatmen, schlucken und sie beruhigen.

Da, plötzlich, stockt mir der Atem, ich glaubte, bereit zu sein, nach sechzig Jahren, ich dachte, ich könnte das aushalten, o David! Wie gern hätte ich mich geirrt, um wie viel lieber wäre es mir gewesen, wenn alles ganz anders wäre, wie gern hätte ich das hier niemals gesehen.

David Stein
1935–1945

Das Grab sieht genauso aus wie die anderen, und traurig stelle ich mir Davids kleinen Kinderkörper und sein blondes Haar in diesem großen Grab vor. Er ist zehn Jahre alt, für immer und ewig. Wieder bin ich es, der überlebt hat, und ich frage mich wirklich, warum. Ich habe ein schlichtes Leben geführt, nichts Außergewöhnliches vollbracht …

Ich knie nieder, meine Knochen knacken, ein stechender Schmerz schießt mir durch den Körper, und die Gebrechlichkeit, die ich in mir spüre, bereitet mir fast schon Vergnügen. Endlich, *endlich* bin nun bald ich an der Reihe. Mit meinem Taschentuch wische ich Staub und Sand vom schwarzen Granit. Als er sauber und schön blank ist, stelle ich das kleine rote Kästchen darauf, das seinen Davidstern enthält. Ich handle einfach so wie in meinem Traum: Ich strecke die Hand nach David aus, schließe die Augen und erinnere mich.

2

Bis zum Alter von acht Jahren lebte ich im Norden des Landes, in Mapou. Das war kein Dorf, wie es sie heute gibt, mit sauberen Häusern, mit Dächern in leuchtenden Farben, mit Wegen aus festgestampfter Erde oder Asphalt, gesäumt von tadellos geschnittenen Bambushecken, mit gestrichenen Holztoren, die sich zu freundlichen Höfen öffnen, mit Blumen, Gemüsegärten, Obstbäumen, mit Licht und mit Schattenspielen überall. Wenn ich heute daran zurückdenke – und ich kann mich an jene Jahre erinnern, als wäre es gestern gewesen –, war der Ort, an dem wir wohnten, eher ein Elendsquartier.

Am Rand des riesigen Zuckerrohrfeldes mit seinem wogenden Grün auf der Plantage von Mapou begann eine wacklige Reihe von Bruchbuden, von Hütten, von sogenannten Häusern, die aus allem bestanden, was unseren Eltern in die Hände kam, und man nannte sie das »Camp«. Äste, Zweige, Holzstücke, Baumstümpfe, Zuckerrohrblätter, Reisig, Bambusstöcke, Stroh, getrocknete Kuhfladen – die Fantasie der Menschen dort kannte keine Grenzen. Ich weiß nicht, wie ich das Leben im Camp überstand, wie der kleine, zierliche und ängstliche Junge, der ich war, über diese acht langen Jahre gekommen war. Sobald ein Kind krank wurde, richtete die Familie umgehend sein Totenbett her, und für gewöhnlich tat sie gut daran, der Tod folgte der Krankheit auf dem Fuße, hartnäckig und unerbittlich.

Das Camp stand auf einem Gelände, auf dem nichts gedeihen konnte, weil darunter gewaltige Felsen lagen, die manchmal in der Nacht wie Pflanzen wuchsen und die rötlich schimmernde Erde ein Stück aufrissen. Und zwar so, dass die Leute, die vor Tagesanbruch aufstanden, oder Kinder, die unachtsam herumtollten, sich den Fuß brechen konnten. Dann alarmierte der, der sich verletzt hatte, die anderen, und ein Bambusstab oder ein Ast mit einem Stück Stoff am oberen Ende diente als Warnsignal. Genau so habe ich unser Camp in Erinnerung: übersät mit Alarmstöcken. Wir machten das Beste daraus, indem wir unser Leben und unseren Weg darum herumschlängelten.

An Sonnentagen, also neun Monate im Jahr, erhob sich ein roter, beißender Staub von dieser Erde, der uns allen zu schaffen machte. Und wehe, es kam Wind auf, dann warf uns der Berg den heulenden, mit dieser Asche gesättigten Luftzug von der anderen Seite zurück wie einen Ball, sodass er um unsere ärmlichen Behausungen wirbelte, als hätte er nur ein Ziel: uns ein für alle Mal unter sich zu begraben.

Doch man durfte nicht um Regen flehen. Selbst in diesen Augenblicken wilder Raserei, wenn uns der Staub in alle Poren kroch, wenn er sich rings um unsere Münder und unsere Augen verkrustete und sich in feinen Linien unter unseren Nägeln festsetzte, selbst wenn wir morgens eine bräunliche Brühe ausspuckten und unsere spärlichen

Mahlzeiten schließlich nach dieser trockenen, herben Schlacke schmeckten, durfte man nicht um Regen flehen. Denn hier, in Mapou, gab es keinen Regen, der glitzernd vom Himmel fiel, so fein und sanft, dass er beinahe kitzelte, keinen Regen, der erfrischte und für den man dem Himmel danken wollte, nein, dieses Manna gab es hier nicht. In Mapou war der Regen eine Bestie. Man sah, wie er seine Kräfte sammelte, an die Berge gedrückt wie eine Armee, die sich zum Angriff rüstet und die Befehle für Kampf und Gemetzel entgegennimmt. Die Wolken wurden von Tag zu Tag dichter, so schwer und voller Gier, dass der Wind, der uns dicht über dem Boden taumeln ließ, sie nicht mehr verjagen konnte. Wenn der Staub uns eine Atempause gönnte, schauten wir hoch zu den Bergen, und die Seufzer der Älteren ließen uns das Schlimmste erwarten.

Diese Erde, die man nach so vielen Sonnentagen für sehr durstig halten konnte, aufgebrochen vom Wind und gepeinigt von den glühend heißen Felsen in ihrem Innern, diese Erde rettete uns deswegen noch lange nicht. Denn wenn die ersten Regentropfen auf das Camp niedergingen, sog sie sich zwar für kurze Zeit voll und wurde weich und leicht. Man konnte mit den Füßen in sie eintauchen, ich erinnere mich noch an das lauwarme Gefühl zwischen den Zehen, und wir träumten von einem fruchtbaren Boden, von üppigem Gemüse, von saftstrotzendem Obst. Doch das hielt nie lange vor. Selbst wir Kinder, die wir diese erste Dusche auskosteten, das Gesicht reingewaschen vom roten Staub, selbst wir unterbrachen unser Spiel, um Zuflucht in unseren Hütten zu suchen. Im Handumdrehen war der Boden gesättigt, und die Tropfen sprangen mit einem unerträglichen Prasseln hoch wie tausend Flöhe. Das war das Signal für die dicksten Wolken. Sie entluden sich mit einem grellen Blitz, der Donner ließ die Erde erzittern, und wir sehnten uns nur noch nach den Tagen der Trockenheit und nach dem roten Staub zurück.

In kürzester Zeit brach eine Schlammlawine voller toter Ratten, die auf dem Zuckerrohrfeld vom anschwellenden Regen überrascht worden waren, über das Camp herein. Manche Hütten gerieten ins Wanken, und ihre Bewohner schrien vor Entsetzen und suchten Zuflucht bei den Nachbarn. Wir saßen in unserem Haus, im einzigen Raum, der uns als Zuhause diente, mutlos auf einem Fleck, starrten auf die Tropfen, die unvermeidlich durch die Decke sickerten, und beteten, dass die Wände halten mögen. Wir hörten es knacken, knarren, donnern, trommeln und schreien. Wir rührten uns nicht, die Knie an die Brust gezogen, den Kopf zwischen die Schultern geduckt, warteten wir ab und beteten. Wenn endlich Stille einkehrte und die Sonne wiederkam, die wie unbeeindruckt von der Sintflut erstrahlte, mussten wir wieder von vorn anfangen. Mussten alles wiederaufbauen und säubern, einen Vermissten suchen, und – das traf die Unglücklichsten unter uns – ihn unweigerlich beweinen.

Mitten im Zuckerrohrfeld stand die Zuckerfabrik von Mapou, und ihr Schornstein spuckte mehrere Monate im Jahr einen dichten Qualm aus, der langsam und genüsslich über uns hinwegzog. Ich liebte ihre weißen, üppigen Rauchwolken mit den wie von einer liebevollen Hand gezeichneten, rundlichen Rändern, und lange hatte ich mir gewünscht, den Rest meines Lebens darin zu verbringen. Ich war überzeugt davon, dass man sehr glücklich darin sein konnte, in sie eingekuschelt oder in ihren Windungen hüpfend. Alle Männer des Camps arbeiteten auf dem Zuckerrohrfeld, auch mein Vater. Meine Mutter arbeitete mit anderen Frauen in den Häusern der »Bosse«, wie man sie nannte. Die Bosse waren die Besitzer und die führenden Leute der Fabrik. Mein Vater ging immer sehr früh aus dem Haus, und meine Mutter verließ unsere Hütte zwei Stunden später. Sie kam am späten Nachmittag zurück, und mein Vater, nun ja, mein Vater kam nach Hause, wenn er nach Hause kam, immer sternhagelvoll, schwankend und lallend, mit den Armen und Beinen schlenkernd wie ein Hampelmann.

Ich hatte einen großen Bruder, der ein Jahr älter war als ich und den ich über alles in der Welt liebte, und einen kleinen Bruder, der ein Jahr jünger war und der, glaube ich, mich über alles in der Welt liebte. Anil und Vinod. Dazu ich, Raj.

Ich weiß noch, dass ich Anil ständig zwischen den Füßen herumlief und dass Vinod seinerseits ständig zwischen meine Füße geriet. Sobald ein Kind im Camp laufen konnte und halbwegs verstand, was man ihm sagte, hörte es auf, ein Kind zu sein, es hatte Aufgaben zu erledigen, Pflichten zu erfüllen. Meine erste Erinnerung steht mir noch glasklar vor Augen. Ich weiß nicht, was Anil getan oder nicht getan hatte, doch mein Vater hält seinen Kopf in der Armbeuge und lässt mit der anderen Hand einen knallgrünen Bambusstock mit Äderungen, Knoten und einem sehr dünnen Ende pfeifend auf den Hintern meines

Bruders niedergehen. Meine Mutter weint an der Tür, die Hände auf den Ohren, da stürzt sich neben mir plötzlich Vinod auf meinen Vater und versucht, ihm den Stock zu entreißen, mein Vater schleudert meinen kleinen Bruder mit einem Stoß seines Ellenbogens quer durch den Raum, und meine Mutter läuft herbei. Von meinem Platz aus kann ich Anils Gesicht nicht sehen, doch ich weiß noch, dass er sich der Willkür meines Vaters ergeben hat, dass jedoch das einzige Weinen, das ich höre, zunächst von meiner Mutter kommt, dann von Vinod, und dass er, mein großer Bruder, nicht weint.

Später, als Erwachsener, als mein Vater bereits tot war und mein Sohn schon ein Teenager, erzählte ich diese Geschichte meiner Mutter. Sie bezweifelte, dass dies wirklich meine Erinnerung war, ich sei zu klein gewesen, sagte sie, kaum vier Jahre alt. Sie nahm an, ich hätte das alles aus Anils Mund gehört, doch ich weiß, dass das meine erste Erinnerung an das Camp von Mapou ist. Diese Szene, in der ich Zuschauer bleibe und mein kleiner Bruder mit seinen drei Jahren Anil verteidigt, obwohl ich dies hätte tun müssen. *Ich.* Wenn ich an diese erste Erinnerung meines Lebens zurückdenke, habe ich den Eindruck, dass ich auf der Hut bin, weil ich etwas angestellt habe, denn eigentlich war ich es, der die Bambushiebe verdient hatte, und nicht Anil. Sonderbar, ich erinnere mich noch an die Farbe der Erde im Camp, daran, wie dieser beißende Staub von ihr aufstieg, ich erinnere mich an den Regen, ich erinnere mich an die Berge hinter dem Camp, jenseits des Flusses, an diese schwarze Masse, die sich nachts vom Himmel abhob und uns den Blick auf die Sterne verwehrte. An all das erinnere ich mich, doch ich erinnere mich nicht mehr daran, was ich damals angestellt hatte, dass Anil dermaßen verprügelt wurde.

Als Kind war ich schwächlich. Von uns drei Brüdern war ich der ängstlichste, derjenige, der immer ein wenig kränkelte, derjenige, der am meisten vor Staub, Regen und Schlamm geschützt werden musste. Und doch bin ich es, der in Mapou überlebt hat.

Eine unserer zahlreichen Aufgaben im Camp, die wir stets ohne Murren erfüllten, war das Wasserholen. Der Fluss lag einige hundert Meter entfernt, und wir wussten, dass wir im Gegensatz zu anderen Kindern im Camp Glück hatten. Manche gingen mit ihren Vätern aufs Feld, andere mussten mit Blick auf die nächste Sintflut Gräben ausheben und instand halten, damit das Wasser abfließen konnte, wir aber gingen zum Fluss.

Am Ende des Camps befand sich ein Wäldchen, das wir auf einem Weg durchquerten, der nur notdürftig ins Buschwerk geschlagen war. Anil eröffnete den Zug, Vinod beschloss ihn, und ich war wieder einmal der am meisten Beschützte von uns dreien. Für mich war dieser Weg wundervoll. Es gab wilde Erdbeeren dort, und im Sommer wuchsen dicke Brombeeren an den Sträuchern. Schmetterlinge flatterten herbei und setzten sich unmittelbar in unsere Nähe, wir blieben fasziniert von ihren Farben stehen, um sie zu betrachten, und gewiss hätte sich damals jeder von uns gern in einen Schmetterling verwandelt: sich bunt kleiden, alles Schwere hinter sich lassen und davonfliegen.

Anil wanderte immer mit einem Stock, der oben einen

u-förmigen Bogen aufwies, in den er manchmal seine Hand legte. Es war der Ast eines Kampferbaums, der anfangs einen starken Geruch verströmt hatte, doch dann rasch zu einem einfachen Spielzeugstock geworden war. Anil stocherte damit im Gras vor sich herum, um die Nattern zu verjagen, die uns, Vinod und mir, Angst machten. Er liebte diesen Stock. Er war im Grunde das Einzige, was ihm gehörte, was er mit wirklich niemandem teilen musste und was weder gefährlich noch begehrenswert war, sodass kein Mensch es ihm streitig machte.

Wir hörten den Fluss, bevor wir ihn sahen, und dann drehte Anil sich manchmal um und lächelte uns still an, und ich musste an mich halten, um nicht loszuhüpfen und zu springen. Wir gingen zu einer Zeit dorthin, in der wir sicher sein konnten, dass wir keine Menschenseele trafen. Der Fluss kam aus den Bergen, und obwohl ich noch klein war, fiel mir die Reinheit seines Wassers auf, das von oben kam, vielleicht aus den Wolken, seine Helligkeit blendete mich, und Vinod fand, dass es ein wenig süß schmeckte. Dieser Fluss war unser Eden, und aus der Hölle unseres Camps gelangten wir durch den kleinen Wald, den wir mit vielen Umständen beinahe täglich durchquerten, in dieses Paradies.

Wir drei sollten sechs Eimer füllen, und immer zögerten wir den Augenblick hinaus, da wir wieder ins Camp zurückmussten. Wir fingen kleine Fische, die gegen den Strom anschwammen, wir betrachteten uns im Wasser, und wenn ich heute an meine Brüder zurückdenke, sehe ich, leicht verschwommen durch die Kräuselung des Wassers, unsere drei Gesichter im Spiegelbild des Flusses vor mir: Anil zu meiner Linken, Vinod zu meiner Rechten, und wir sind uns sehr ähnlich mit unseren grob geschnittenen, schwarzen Haaren, unseren vom Staub verquollenen Augen, unseren dünnen Hälsen, unseren Zähnen, die zu groß für uns zu sein scheinen, weil unsere Wangen so hohl sind, und schließlich mit unserer Art, uns alle drei abwechselnd anzuschauen und zu lachen.

Anil war es, der letzten Endes zum Aufbruch mahnte, und wir widersprachen nicht. Wir füllten die Eimer randvoll und machten uns auf den Rückweg, der wesentlich unangenehmer war als der Hinweg. Anil hatte uns gezeigt, wie man geschmeidig läuft, damit wir so wenig Wasser wie möglich verschütteten. Die eisernen Henkel schnitten uns in die Handflächen, und wir bissen die Zähne zusammen. Anil klemmte sich seinen Stock unter den Arm und ließ ihn niemals los.

Wenn meine Mutter von der Arbeit kam, musste die Hütte sauber sein, musste der Boden vor der Tür so fest wie irgend möglich gestampft sein, musste das Wasser im Fass sein, mussten die Reisigbündel für das Feuer bereitliegen, mussten die Bündel aus getrockneten Blättern ordentlich zusammengeschnürt sein, und wir mussten brav dasitzen. Der Abend brach schnell herein, die Männer kamen vom Feld, und nun begann ein anderes Leben für uns und unsere arme Mutter, ein Leben voller Geschrei, Alkoholdunst und Tränen.

Alle Männer im Camp tranken, mir war schleierhaft, wie sie das bezahlten, denn niemand hatte genug, um sich satt zu essen. Wir aßen jeden Tag Fladenbrot, das unsere Mütter buken, Mahlzeiten aus zerkleinerten Kräutern, manchmal auch Gemüse, und wir tranken zu oft aufgegossenen Tee. Mein Vater war nicht besser oder schlechter als andere. Er grölte Dinge, die wir nicht verstanden, sang mit vom Alkohol schwerer und geschwollener Zunge Lieder, die nicht mehr zu erkennen waren, und wir steckten Schläge ein, wenn wir nicht so mitsangen, wie er es wollte. Oft fanden wir uns draußen wieder, eng an unsere Mutter geschmiegt, und wir waren nicht die einzige Familie, der es so erging.

Was soll man sonst noch über diese Nächte im Camp sagen? Ich hatte nicht das Gefühl, unglücklicher zu sein als andere Kinder, meine Welt begann und endete hier, die Welt war eben so, mit Vätern, die von morgens bis abends arbeiteten und besoffen nach Hause kamen, um ihre Familie zu tyrannisieren.

In dem Jahr, als ich sechs Jahre alt wurde, schickte mein Vater mich zur Schule. Nur vier Kinder aus dem Camp gingen dorthin, und für uns drei Brüder war die Schule ebenso wie der Fluss und wie der Rauch der Fabrik eine Art Paradies. Mein Vater hatte allerdings beschlossen, nur mich einzuschulen, ohne Anil, ohne Vinod, und das war für mich die schlimmste Strafe. Ich weinte, heulte, schrie, war unempfindlich gegen die Stockhiebe, die Ohrfeigen und die Drohungen meines Vaters, und vor allen Dingen hörte ich nicht auf die inständigen Bitten meiner Mutter. Sie sah mich mit tränenfeuchten Augen an und sagte: »Raj, bitte, tu es für mich, geh zur Schule.«

Damals, zu jener Zeit, bekamen Kinder nie recht. Natürlich ging ich zur Schule. Es gab nur zwei Klassen, eine für die Kleinen, für Anfänger wie mich, und die andere für alle, die theoretisch schon lesen, schreiben und rechnen konnten. Ich bekam eine Schiefertafel, auf der ich mit Kreide schreiben konnte, und ich muss zugeben, dass mein großer Kummer angesichts dieser unbekannten Welt der Schule und des Unterrichts rasch nachließ. Ich ging morgens um sieben Uhr los, und meine beiden Brüder begleiteten mich bis zum Ende des Camps, gegenüber den Bergen. Ich musste um das Feld herum, denn die Schule lag ein Stück hinter der Fabrik. Manchmal stellte ich mir auf diesem Fußmarsch von einer guten halben Stunde vor, dass wir zu dritt zur Schule unterwegs waren und sich vor unseren Augen schon bald die Kärtchen ausbreiten würden, auf denen die Welt für uns erklärt, aufgezeichnet und aufgeschrieben war. Auf einem davon war ein Mann zu sehen, der eine Hose und ein kurzärmeliges Hemd trug, schwarzes, lockiges Haar und ein sanftes Gesicht hatte und lächelte. Unter dem Bild das Wort PAPA. Anil und Vinod hätten mir dann nämlich glauben müssen, was ich ihnen erzählte: Nicht alle Väter auf der Welt waren wie die im Camp oder wie unser Vater.

Meine Brüder richteten es so ein, dass sie auf mich warteten, damit wir nachmittags zusammen zum Fluss gehen konnten, doch häufig kam ich in ein leeres Camp, und schlagartig wurde mir seine ganze Hässlichkeit bewusst. In solchen Momenten war mir nur nach einem zumute: meinen Kopf in den Händen zu verbergen und zu weinen. Ich verglich es mit dem Kärtchen HAUS, mit etwas Schönem, Weißem mit einem blauen Dach, sauber, regendicht und stabil, so stabil mit seinen festen Wänden. In solchen Häusern wirbelte der Staub natürlich nicht um die Gesichter wie ein Mückenschwarm, und der Schlamm glitt nicht unberechenbar wie die Schlangen noch in die kleinsten Winkel. In solchen Häusern stand natürlich kein Bambusstock mit Knoten und einem sehr dünnen Ende an der Wand, reglos, harmlos, ungefährlich und doch alle Blicke auf sich ziehend.

In der Schule lernte ich auch, was Schuldbewusstsein ist. Dieses heimtückische Etwas, das mich hinderte, einfach ein kleiner Junge zu sein, lauthals zu lachen, mit den anderen zu spielen, mich still hinzusetzen und vor mich hin zu schauen. Während des Unterrichts verließ mich dieses Gefühl. Doch danach wurde ich wieder Raj, der einzige Bruder, der in der Schule war. »Warum ich?«, fragte ich mich unentwegt. Die getrocknete Birne, die wir zur Frühstückspause erhielten, versteckte ich immer in meiner Tasche aus trockenen Palmenblättern, aber die Kuhmilch, die gleichzeitig ausgeteilt wurde, musste ich trinken. Ich trank sie langsam, mit geschlossenen Augen und dachte dabei fest an Anil, an Vinod, stellte mir vor, wie sie die Hütte sauber machten, Holz hackten und Zuckerrohrblätter bündelten, gebeugt und müde. Sie hatten zum Wachsen nichts weiter als Zuckerwasser.

Mir wäre es lieber gewesen, wenn mein Vater einen anderen seiner Söhne ausgesucht hätte, um ihn zur Schule zu schicken. Doch Anil würde schon bald jeden Morgen mit ihm Zuckerrohr schneiden gehen, er war stark, hatte schon Muskeln, die sich unter seiner Haut abzeichneten, beklagte sich nie und würde mit seinem Eifer und seiner Arbeitskraft Geld nach Hause bringen, Geld, das er nicht in Arrak anlegen und vertrinken würde, sondern das er feierlich meiner Mutter überreichen würde. Vinod jedoch wäre an meinem Platz besser aufgehoben, er war flink, pfiffig, und wenn er auch nicht Anils Kraft in den Armen und in den Beinen hatte, so war er doch lebhaft und beklagte sich ebenfalls nie. Ich dagegen war kaum zu etwas zu gebrauchen, hustete die Hälfte des Jahres über und trank andauernd bittere Kräutertees gegen diesen schleimigen Husten, der mich ganz in Besitz genommen hatte, wie meine Mutter sagte, sodass ich manchmal nächtelang von Krämpfen geschüttelt wurde und meine Füße eiskalt wurden. Wenn der Husten endlich nachließ, trieb ich mich mit meinen Brüdern herum, hatte dabei jedoch das Gefühl, dass mir etwas die Brust zerfraß. Ich hatte keine Muskeln in den Beinen, die dünn wie Bambusstäbe waren, und oft trug mich Anil herum wie ein Federgewicht. Ich schlang meine Beine um seinen Bauch und meine Arme um seinen Hals, er hielt mich auf seinem Rücken fest, und ich liebte ihn über alles.

Wenn ich aus der Schule kam und schon alles ohne mich erledigt war, ließ mich mein schlechtes Gewissen hyperaktiv werden. Ich stürzte los, um neue Zuckerrohrblätter für die Feuerstelle in der Küche zu suchen, obwohl meine Brüder schon ein Bündel hinter die Hütte gelegt hatten. Ich wollte noch mehr Wasser holen, doch in das Fass passten nicht mehr als sechs Eimer. Ich stampfte den Boden noch fester, und wenn der Wind den Staub tanzen ließ, blieb ich mit einem Putzlappen bewaffnet in der Hütte und wischte diese Asche fort, die sich auf die Haushaltsgeräte meiner Mutter legte, auf unsere Matten und sogar auf den Bambusstock meines Vaters, mit seinen Äderungen und Knoten und seinem langen, dünnen Ende. Ich kämpfte hustend gegen dieses Monstrum in mir, das letztlich immer gewann, doch was machte das schon, ich war zwar außer Atem, und in meinen Armen pulsierte der Schmerz, doch mit diesen Bewegungen eines schlappen Clowns brachte ich meine Brüder zum Lachen.

Unser Leben in Schlamm und Staub hatte kurz nach dem Neujahrstag 1944 ein Ende. Zum Ausklang des Jahres hatten wir Kleidung bekommen, die uns die Frauen der Bosse aus der Zuckerfabrik geschenkt hatten. Sachen, die ihre Kinder getragen hatten, doch das war uns vollkommen egal, die Stoffe, die Farben und die Schnitte begeisterten uns. Wir trugen alle drei weiße Hemden und kurze Hosen, die sich in Schnitt und Farbe unterschieden. Ich hatte eine grüne Hose aus weichem Leinen, und wenn ich mit dem Finger darüberfuhr, konnte ich im Stoff Streifen spüren, die man mit bloßem Auge nicht sah. Das Hemd kratzte am Hals. Anil trug Bermudas, heute weiß ich das, doch damals, so erinnere ich mich, zogen wir ihn unentwegt auf, weil nur seine Waden aus diesem langen, kakibraunen Ding hervorschauten und wir glaubten, es sei ihm viel zu groß. Wir kannten nur Shorts und lange Hosen, doch keine Bermudas. Vinod trug braune Shorts, die meine Mutter in der Taille mit drei Sicherheitsnadeln befestigt hatte. Wahrscheinlich sahen wir aus wie Witzfiguren, doch wir fühlten uns – wie soll ich sagen – bedeutend.

Wir behielten die Sachen mehrere Wochen an und trugen sie auch an jenem Nachmittag, als wir wieder einmal zum Fluss gingen. Die Hemden kratzten nicht mehr, sie waren schmutzig, und an Vinods Shorts war nur noch eine Sicherheitsnadel übrig. Nach einer wochenlangen Gluthitze war der Himmel nun niedrig und schwarz und verhüllte die Berge zur Hälfte. Nicht ein Schmetterling war zu uns gekommen, die Büsche waren vertrocknet, der Wind entfachte Minitornados, und wir blieben stehen, um zuzuschauen, wie sich die Blätter spiralförmig hoben und senkten. Wir hörten den Fluss ziemlich spät, und mein großer Bruder drehte sich lächelnd zu uns um, doch diesmal beschleunigten wir unsere Schritte nicht, wie wir es sonst immer taten.

Der Fluss war rein und klar und schmeckte ein wenig süß, wie Vinod sagte. Im Hochsommer wurde er immer fadendünn und konnte kaum die großen, von der Sonne grauen Felsen umfließen, die sein Bett überwucherten. Wir spielten eine kurze Weile, dann beschloss Anil, dass wir in die Berge hinaufklettern sollten, um eine wasserreichere Stelle ausfindig zu machen. Ich weiß noch, dass ich einen Blick auf das Camp warf. Nur einen raschen Blick zurück über die Schulter, und die Bäume, an denen wir gerade vorbeigegangen waren, kamen mir kümmerlich vor und tanzten nach dem Willen des Windes. Mit unseren Eimern in der Hand gingen wir weiter, Anil mit seinem Stock vorweg, Vinod hinter mir, und wir waren am Fuß der Berge, als plötzlich der Regen kam.

Ich bin heute siebzig Jahre alt, doch ich erinnere mich, als wäre es gestern gewesen, an den Donner, der aus unseren Bäuchen zu kommen schien, so sehr hallte er in uns wider. Ich erinnere mich an den Schreck am Anfang, an die unwirkliche Stille, die auf den Donner folgte und alles erstarren ließ, selbst die Natur stand still, und auch wir wagten es nicht, uns zu rühren, über lange Minuten, in denen dicke, kühle Tropfen uns Haar und Gesicht befeuchteten und unsere Kleider durchnässten. Ich erinnere mich an den gespenstischen Nebel, der vom Boden aufstieg, nachdem dieser die ersten Tropfen aufgesogen hatte. Normalerweise genossen wir diesen Augenblick in vollen Zügen, doch diesmal war es anders. Das spürte ich, und meine Brüder spürten es auch. Unversehens loderten Blitze auf, neue Donnerschläge krachten, und wir liefen los.

Wie lange sind wir so davongestürzt? Die trockenen Kieselsteine, die uns eben noch die Füße aufgeschürft hatten, waren verschwunden, wir traten auf einen glitschigen, klebrigen Boden und hatten Mühe, davon loszukommen. Die Sonne war verloschen. Der Regen baute sich zu Wänden auf, und von der Erde erhob sich ein schwefliger Vorhang. Vor mir flatterte Anils weißes Hemd, und ich bemühte mich, dieses Stückchen Weiß nicht aus den Augen zu lassen. Er rief: Los weg, los weg, los weg, und dann plötzlich, im Bruchteil einer Sekunde, nichts mehr. Vor mir keine Stimme mehr, kein Hemd mehr. Ich blieb stehen, und Vinod lief in mich hinein. Mein kleiner Bruder klammerte sich an meinen Arm und begann zu rufen: Anil, Anil, Anil. Ich tat es ihm gleich, zusammen brüllten wir den Namen unseres großen Bruders, ich weiß nicht, wie lange wir so schrien, durch den Schlamm stürzend, ohne jede Orientierung, die Augen vor der Wucht von Wind und Regen geschlossen, und schon bald, mein Gott, schon bald war da nur noch meine Stimme, und sie rief: Anil, Anil und dann Anil, Vinod, Anil, Vinod. Ich schrie mir die Seele aus dem Leib, doch der Sturm, der Regen, der Donner, die Blitze und das Tosen der Schlammlawine, zu der unser Fluss angeschwollen war, übertönten meine Stimme und ließen mir keine Chance.

Fünf Tage später fanden die Männer aus dem Camp Vinod, ohne Hemd, den Kopf unter einem Felsen eingeklemmt. Es ist nicht leicht für einen Jungen von acht Jahren, seinen kleinen, über alles geliebten Bruder mit einem – ich weiß nicht, wodurch – zerschmetterten Kopf zu sehen, mit von den herabgestürzten Steinen abgerissenen Zehen und Fingern, mit einem zerschundenen Körper, der fünf Tage unter einem Felsen geklemmt hatte, der Willkür eines Flusses ausgeliefert, den wir so geliebt hatten, diesen Fluss, der für ihn einen leicht süßen Geschmack gehabt hatte und der zu einem reißenden Strom aus Schlamm, Schotter und Felsblöcken geworden war. Man verbrannte Vinod noch am selben Tag, und alles, was zur Vorbereitung der Zeremonie gehörte, erschien wie durch Zauberei: die Bahre aus Kampferholz, das weiße Tuch, die Blumengirlanden, der Weihrauch, der Priester mit seinem dicken, roten Punkt auf der Stirn und seinem Buch mit heiligen Sprüchen in der Hand.

Anils Leichnam wurde nie gefunden. Einige Tage später, während einer letzten Suchaktion der Bewohner des Camps, fand ich seinen Stock. Er lag am Rand des kleinen Walds, und ich erkannte ihn an seinem u-förmigen Ende. Ich legte meine Hand darauf, und es ist unbeschreiblich, wie sehr ich meinen großen Bruder in diesem Augenblick vermisste. Der Fluss war nun wieder klar und rein, und während die Männer noch nach Anils Leichnam suchten, warf ich seinen Stock in die Strömung. Ich weiß nicht, warum ich das tat, es lag keine Absicht darin, doch dieser Stock war, wie gesagt, das Einzige, was meinem großen Bruder wirklich gehört hatte. Er trieb schnell flussabwärts und verfing sich mehrmals zwischen den Felsen, dann verschwand er, auch er. Ich beugte mich wie früher über das spiegelnde Wasser und sah nun nur noch ein verschwommenes Gesicht, weit aufgerissene Augen und eine verzerrte Miene. Ein bodenloser Abgrund tat sich in mir auf, und ich weiß noch, dass ich mich trotz meines Wunsches, es auszulöschen, nicht in dieses einsame Bild stürzte, in dieses kümmerliche, traurige Spiegelbild, weiß noch, dass ich es nicht tat, weil hinter mir meine Mutter herbeilief und aus Leibeskräften meinen Namen rief, den einzigen Sohn rief, den sie noch hatte.

Wir blieben noch genau drei Tage im Camp von Mapou. Eines Morgens, als die Dämmerung die Berge blau zu färben begann und der Himmel sich sanft entzündete, nahm meine Mutter mich bei der Hand, und wir folgten meinem Vater nach Beau-Bassin. Ich drehte mich nicht mehr nach Mapou um, nicht mehr zum Camp, zu dem kleinen Wald, der es vom Fluss trennte, zum Zuckerrohrfeld, zu dem hohen Schornstein aus Stein, zu dem Kissen aus weißem Rauch. Ich weinte auch nicht, doch in Gedanken hörte ich das ohrenbetäubende Getöse, das ich mit meiner Stimme hatte übertönen wollen. Anil, Vinod, Anil, Vinod.

3

Wir durchquerten die halbe Insel, von Norden bis zur Mitte. Vielleicht fuhren wir auf diesem langen Weg nach Beau-Bassin auf Karren, die von Ochsen oder Eseln gezogen wurden, vielleicht nahmen wir den Zug, denn den gab es damals schon, gingen zu Fuß, schliefen im Freien, sahen Lokomotiven, Menschen, Landschaften, Blumen, glänzende Pferde oder Wege, die am Meer ausliefen, vielleicht das Meer selbst, deutlich markierte Straßen, dazu Häuser und Berge, von deren Existenz wir nichts gewusst hatten, wir, die wir Mapou nie verlassen hatten. Trotz aller Bemühungen erinnere ich mich an nichts mehr. War ich an meine Mutter geschmiegt, hielt sie mich an der Hand, trauerte sie um ihre Söhne, um ihr Haus, um die Gemeinschaft der Unglücklichen, die wir verließen? Was tat mein Vater in dieser ganzen Zeit, er, dessen Hände nicht mehr damit beschäftigt waren, Zuckerrohr zu schneiden und die Kronen mit den weißen Blüten abzutrennen, deren Dunst unzählige Landarbeiter hatte erblinden lassen, was tat er mit seinen bloßen, schwieligen Händen, die nicht mehr wie sonst mit Stoffstreifen umwickelt waren, um sie mehr schlecht als recht vor Dornen, Rinden, Stacheln und Splittern zu schützen? Was tat er mit seinem Mund, der auf dieser nicht enden wollenden Reise nicht mehr den Geschmack des Arraks spürte, der nicht mehr durch diesen schweren, scharfen Schnaps gelähmt war, was tat er mit seiner heiseren Stimme ohne die Lieder aus dem Camp und vom Feld, ohne seine traurigen Lieder? Was tat dieser Mann, sich selbst ausgeliefert, dieser Reise ausgeliefert, zusammen mit dem, was ihm an Familie noch geblieben war, ohne den grünen Bambusstock mit den Knoten, den er peitschend auf unsere Körper hatte niedergehen lassen? Und ich, so ängstlich und schwach ohne meine beiden Brüder? Diese Reise hätte uns noch fester zusammenschweißen können, hätte Zukunftshoffnungen nähren können, Pioniere hätten wir sein können, mit Hochachtung hätte man von uns gesprochen, die erste Familie, die Mapou aus freien Stücken verließ, weil wir etwas Besseres wollten, weil wir nicht auf diese ganzen Märchen hereinfielen, denen zufolge unser Schicksal nun einmal so war, mit Regen, Schlamm, Staub und Elend. Doch wir waren nichts als eine Familie in äußerster Bedrängnis, hilflos mit diesem Schmerz, also liefen wir davon.

Ich habe meine Mutter nie gefragt, wie mein Vater die Arbeit im Gefängnis von Beau-Bassin bekommen hatte. Ich glaube, sie wusste es ebenso wenig wie ich, es war nicht so wie in den Ehen von heute, wo man sich alles erzählt, man selbst die kleinste Entscheidung gemeinsam ausdiskutiert und man durch Geheimnisse zusammengeschmiedet ist, so waren meine Eltern nicht.

Wenn jemand anders diese Geschichte erzählte, jemand, der das alles mit mehr Abstand sähe, würde er sicherlich sagen, dass unsere Situation in Beau-Bassin besser war. Der

Boden unter unseren Füßen war fruchtbar und von einem satten Braun. Wir konnten Gemüse und Blumen säen, und die Bäume, die dort wuchsen, konnten in der Tiefe wurzeln, ohne dass schwarze, scharfkantige Felsen ihnen den Weg versperrten. Diese Bäume hatten dichtes, glänzend grünes Laub. Zwischen den Blättern sprossen weiße und rosa Knospen, aus denen später Früchte wurden. Mangos, Litschis, Longanfrüchte, Guaven und Papayas, die ich, mit dem ständigen Gedanken an meine Brüder, langsam verzehrte. Es gab Brotbäume, Jackbäume und Avocadobäume, die rund ums Jahr Früchte trugen, grün oder reif, herb oder süß. Unter Lianen auf dem Boden versteckten sich Gurken, Kürbisse und Zucchini, haarige Büsche trugen Tomaten, Piment, Auberginen, und in der Erde wuchsen Kartoffeln, Möhren, Rüben und Süßkartoffeln. Sonne und Regen waren Wettererscheinungen geworden, die lebensnotwendig, wohltuend und mild waren, nicht solche Bestien wie in Mapou, die das Unterste zuoberst kehren, die einem in den Leib fahren, das Herz zermalmen und Kinder töten.

Unser Haus in Beau-Bassin lag tief im Wald, so wie man es sich heute von einem Forsthaus oder einer Jagdhütte vorstellt. Meine Mutter erzählte mir später, dass niemand dieses Haus hatte haben wollen. Es lag auf halbem Weg zwischen dem Gefängnis und dem Friedhof, und man munkelte, es sei von ruhelosen Seelen bewohnt. Als meine Mutter das sagte, prustete sie los wie ein kleines Mädchen, doch ich war froh, dass sie mir diese Mitteilung erst machte, als ich erwachsen war, groß und stark, und solche Geschichten mich nicht mehr erschrecken konnten.

Wie gern würde ich mich mit der gleichen Klarheit an die ersten Tage in Beau-Bassin erinnern, mit der ich mich an meine ersten Jahre in Mapou erinnere, doch sosehr ich mich auch konzentriere, kann ich mir doch nur noch vereinzelte Bilder ins Gedächtnis rufen, wie in ein Buch geworfen, das weder Worte noch einen Titel hat. Da sind die Wände des Hauses, überwuchert mit Lianen, die, was man ihnen überhaupt nicht ansah, fest wie Bambus waren und hübsche Ornamente formten. Dann meine Eltern und ich, wie wir diese Lianen mit aller Kraft abrissen, weil es darin von Ameisen und Eidechsen wimmelte. Die nackten Hauswände, überzogen mit einer dicken, graugrünen Schicht. Die Allgegenwart des Waldes rings um das Haus und die feierliche Atmosphäre, die er verbreitete, die grüne Färbung, die er allem verlieh, die dichte Stille um uns her. Die Lippen meiner Mutter, die sich blitzschnell bewegten, während sie Aufgüsse und Mixturen bereitete, die sie dann vor der Tür und auf den Fensterbrettern verteilte, und am nächsten Tag die hingestreckten Ratten, die Igel mit offenem Maul und die schlaffen Schlangen, die wir fanden. Die Hand meiner Mutter, die mit dem Stößel arbeitete und die Feinde zerstampfte, zermalmte, vernichtete. Die Augen meines Vaters auf mir, dieser Blick, der sich mehr und mehr verfinsterte, wen konnte er anschreien, wen konnte er schlagen, um seine Wut loszuwerden? Und diese Frage, die ihm auf den Lippen lag, diese Frage, die er niemals laut stellte, die ich jedoch jedes Mal hörte, wenn ich an ihm vorbeikam, jedes Mal, wenn seine Hand auf mir, auf meiner Mutter niederging. Warum du? Warum hast du, Raj, du kleiner Schwächling, warum hast du überlebt? Warum du? Warum du?

Ich erinnere mich an die langen Minuten nach dem Aufwachen, wenn meine Augen meine Brüder suchten, an die endlose Zeit, die verging, bis ich zu mir kam, bis ich begriff, dass ich allein war, und bis mir wieder Vinods eingeklemmter Körper und Anils Stock einfielen, den ich unten in Mapou in den Fluss geworfen hatte.

Dann die Bilder dieser neuen Morgenstunden, wenn mein Vater, anstatt sich seine Füße und seine Hände mit Stoffstreifen zu umwickeln, eine braune Hose und ein beigefarbenes Hemd anzog, bevor er zur Arbeit ging. Die Seife, die er auf seinem Gesicht aufschäumen ließ, und sein Haar, das er mit großen Strichen seiner nassen Handflächen fest andrückte. Die Silhouette dieses neuen, mit einer Uniform ausstaffierten Mannes im Türrahmen und sein Gang mit leicht gespreizten Beinen, als kratzte der Stoff oder als wollte er die Hose möglichst wenig zerknautschen. Das Bild, das ich vor mir hatte, als mein Vater zu seiner neuen Arbeit aufbrach – seiner Arbeit als »Gefängniswärter«, wie er mit einem unmerklichen Heben des Kopfes sagte, mit einer feinen Streckung des Rückens und mit weiter als sonst geöffneten Augen –, das Bild, als er sich vom Haus entfernte, sodass der Wald ihn restlos verschluckte und er wohl nie mehr zurückkommen würde, verschwunden auf den verschlungenen Wegen des Dickichts.

In Beau-Bassin, an diesen einsamen Tagen in dem wie gefilterten Licht, das manchmal die Farbe des Waldes annahm und manchmal die Farbe der Blumen, die meine Mutter in einem heilbringenden Kreis rings um das Haus gepflanzt hatte, oder manchmal die Farbe der in der Ferne bläulich schimmernden Berge, entdeckte ich meine Vorliebe für Verstecke. Ich verkroch mich in stille Winkel und zog Beine und Füße unter mich, kletterte auf Bäume und kauerte mich in eine Astgabelung, wobei ich mich wie eine Schlange zusammenrollte, grub Löcher unter den Ranken der Kürbisse im Gemüsegarten und schmiegte mich hinein, den Bauch platt auf dem Boden, die Hände bis zu den Handgelenken in der Erde, das Gesicht zwischen den Ranken verborgen. So verharrte ich stundenlang, horchte reglos auf meinen Atem und war nur noch ein Herz, das so sacht wie irgend möglich schlug. Nur wenn ich irgendwo versteckt, zusammengekauert und eingezwängt war, kam ich zur Ruhe, ging es mir halbwegs gut. Draußen gab es zu viel Neues für mich allein, und ich hätte das Zuviel dieses blauen, stillen Himmels gern geteilt, die Maßlosigkeit dieses unendlichen, kräftig-grünen Waldes und vor allem dieses Schweigen, das sich dehnte, sich dehnte wie das Meer und sich überall einnistete, im Haus, hinter meinem Vater, rings um meine Mutter, morgens, abends, ein zähes Schweigen, an dem sich meine reduzierte Familie von nun an festhielt.

Manchmal durchbrach mein Vater dieses Schweigen, ich hörte ihn schon von Weitem toben, und meine Mutter kam so unweigerlich zu mir, wie seine Schritte und seine Stimme zum Haus kamen und wir darauf warteten, dass seine Hand wieder und wieder auf uns niederging, auf mich, auf meine Mutter. Dann war ich mir jedes Mal sicher, dass der ganze Wald sich zu uns neigte, dass all das Grün, diese dichte Masse aus Blättern und Holz, die mich in den ersten Wochen so verängstigt hatte, auf unser Spektakel lauschte, das die Nacht von Beau-Bassin zerriss.

Der Wald bestand aus Eukalyptusbäumen, aus Mangobäumen, aus Kampferbäumen, aus Ebenholzgewächsen und aus Katappenbäumen, und als ich acht Jahre alt war, hätte ich mir niemals vorstellen können, dass all das eines Tages nur noch in meiner Erinnerung existiert, dieses dichte Grün, dieser Geruch nach feuchter Erde, nach gefälltem Holz, nach Moos und nach faulenden Früchten. Ach, wie ängstlich war ich, als ich diesen Wald meiner Kindheit zum ersten Mal durchquerte, und später dann wie stolz, weil ich mich besser als jeder andere mit seinen Wegen auskannte, mit seinen Pfaden, Fallen und Höhlen. Mit geschlossenen Augen lief ich zwischen den Bäumen umher und wusste, wann es galt, dem großen Mangobaum auszuweichen, links zum Katappenbaum hin abzubremsen, weil seine Wurzeln listige Fallstricke waren, den Kopf unter den gegabelten, abgeknickten Ästen des Eukalyptusbaums einzuziehen und dann ein gutes Stück zu springen, ohne zu straucheln, ohne nachzudenken, und zwar genau am nächsten Mangobaum, dessen Früchte so aromatisch dufteten, denn dort war ein Loch und neben dem Loch ein Ameisenhaufen voller dicker Roter Waldameisen mit runden, glänzenden Hinterteilen, die riesige Blasen und einen fürchterlichen Juckreiz hinterließen.

Ich stelle mir heute gern vor, dass ich diesen Weg noch einmal gehe – wenn der Wald noch da wäre, doch es gibt ihn ja nicht mehr, an seiner Stelle stehen jetzt moderne Wohnhäuser mit Blumen in Töpfen an den Fenstern und mit Balkons, auf denen sich Familien aufhalten, um wer weiß was zu betrachten. Wenn ich heute so an all das zurückdenke, zum ersten Mal seit vielen Jahren, nun ja, ich kann versichern, dass meine Füße zu kribbeln beginnen und dass sich in meinen kümmerlichen Muskeln wieder die alten Reflexe melden. Nach links, geradeaus, hopp, den Kopf einziehen, an einem Ast schaukeln, Schwung holen, die Zähne zusammenbeißen, sich wie ein Tier verhalten, wie ein Tiger, wie etwas, was vor nichts Angst hat.

Auch in Beau-Bassin ging ich zur Schule, aber viel kann ich darüber nicht sagen. Ich wusste, dass ich mit meinen alten, fadenscheinigen Kleidern zu den Ärmsten in der Klasse gehörte, spielte mit niemandem, aß die Mahlzeit, die meine Mutter mir am Morgen bereitet hatte, und blieb im Klassenraum. Ich dachte oft an meine Brüder, wenn ich all die spielenden, lärmenden Kinder sah, und manchmal, wenn die anderen mich riefen, zog ich mich zurück, sagte Nein und senkte den Kopf, und die Kinder tuschelten miteinander, erzählten sich, ich sei sehr krank, und das Spielen könne mich töten. Im Grunde hatten sie gar nicht so unrecht. Ich krankte am Verlust meiner Brüder und glaubte felsenfest, dass ich Verrat an ihnen beging und sie für immer von mir entfernte, wenn ich mit den anderen spielte, lachte und mich ihnen anschloss. Ich blieb in meiner Ecke und führte kaum hörbare Selbstgespräche. Auch das hatte ich in Beau-Bassin gelernt. Ich erzählte mir Geschichten, wie ich sie früher Anil und Vinod erzählt hatte. Ich bewegte die Lippen, genau wie meine Mutter, wenn sie ihre Tränke braute und ihre Kräuter stampfte, um den bösen Blick, das Unheil und die Nagetiere fernzuhalten, die das Gemüse im Garten wegfraßen und unsere Zehen anknabberten.

Meine Lehrerin hieß Mademoiselle Elsa, und wenn sie ihre weiße Hand auf meine Schulter legte, breitete sich in mir eine Wärme aus, die sich ausdehnte wie ein Luftballon. Mein kleiner Raj, sagte sie. Bei den seltenen Gelegenheiten, da meine Mutter mich von der Schule abholte, ging Mademoiselle Elsa zu ihr und sagte, ich sei ein guter Junge, ich müsse natürlich etwas tun, doch ich lerne schnell, hätte meinen Rückstand vollkommen aufgeholt, gehöre in Französisch und in Englisch zu den Klassenbesten, und ich könne mich vielleicht schon bald zum Examen für das Stipendium anmelden, für dieses sagenhafte Stipendium, das zu einem Platz am besten Gymnasium verhalf und zu Geld für Bücher, Stifte und Kreide, und wenn man das alles angeschafft habe, bleibe sogar noch etwas übrig, um etwas zu essen zu kaufen, oh ja, sie sei davon überzeugt, dass ich all das bekommen könne. Meine Mutter hörte ihr mit weit aufgerissenen Augen zu, und auf dem Heimweg redete sie wie gewöhnlich nicht viel mit mir – meine Mutter sprach kaum noch, seit wir aus Mapou weggegangen waren –, doch sie hielt mich fest bei der Hand, bis wir zu Hause ankamen. Ihr Herz kannte damals wahrscheinlich nur noch den Schmerz, an einem Tag zwei Kinder verloren zu haben, doch ich bin mir sicher, dass sie sich ein wenig aufrichtete, dass wieder etwas Kraft in ihre Finger zurückströmte und dass das einzige Kind, das ihr geblieben war, sie mit etwas Stolz erfüllte, wenn Mademoiselle Elsa so mit ihr sprach und ihr dabei gerade in die Augen sah.

Als meine Mutter starb, passten ihre Sachen in drei Koffer, von denen einer ausschließlich mir und ihrem Enkel gewidmet war. Sie, die mich ohne meinen Vater niemals zur Schule geschickt hätte, hatte darin meine ersten Schulhefte aufbewahrt und auch die meines Sohnes, außerdem

Kopien unserer Zeugnisse und unsere alten Schultaschen, und ich glaube, so wie andere gern Fotos von ihrer Familie, ihren Häusern, ihren Autos herumzeigen, so öffnete sie vor ihren Gästen gern diesen Koffer. Ich weiß noch, dass sie meine Hefte manchmal mit einer unverhohlenen Bewunderung durchblätterte und dabei die Seiten umwandte, als gehörten sie zu einem kostbaren Schriftstück, und als ich meine Abschlussprüfung bestanden hatte, nahm sie meine Hände, und Tränen traten ihr in die Augen. Auch um meinen Sohn kümmerte sie sich sehr, räumte sein Arbeitszimmer auf, sortierte seine Bücher und Hefte nach Umfang und Größe und spitzte seine Stifte fein säuberlich an, und jeden Abend hatte mein armer Junge das Recht auf ein milchiges Gebräu, das, wie meine Mutter sagte, »Nahrung für den Kopf« sei.

Bis zu den Ferien im Jahr 1944 hatte ich die Strafanstalt, in der mein Vater arbeitete, nie gesehen. Einmal hatte er mir erzählt, dass in diesem Gefängnis Schurken saßen, Gauner, Diebe und Halunken. Mein Vater packte mich bei den Schultern, als er das sagte, denn er wusste, dass ich im Wald herumstromerte und mich auf Bäumen versteckte, er wollte mir einen Schrecken einjagen, deshalb machte er große A und I und U in den Wörtern, die er zu mir sagte, während er mich schüttelte. Sein Mund und seine Augen weiteten sich gleichzeitig, als wären sie von einer inneren Mechanik gesteuert, und wenn ich ihn morgens in seiner Uniform losgehen sah, wünschte ich mir mehr als alles andere auf der Welt, ihm zu folgen und zu sehen, wie er in seinem großen Gefängnis die SchUrken, die GAUner, die DIebe und die HAlUnken wegschloss.

Mein Wunsch sollte erhört werden. In den Ferien zum Jahresende schickte meine Mutter mich von montags bis samstags zu meinem Vater, damit ich ihm mittags das Essen zur Arbeit brachte. Ich ging am Wald entlang, bog kurz vor der ungepflasterten Straße, die ins Dorf führte, nach links ab und folgte der Gefängnismauer bis zum Tor. Dort wartete ich eine kurze Weile, bis mein Vater angelaufen kam. Ich reichte ihm das noch warme Mittagessen durch die Gitterstäbe, und er sagte unweigerlich: »Na los, geh nach Hause.«

Natürlich hörte ich nicht auf ihn. Vom ersten Tag an ging ich an der Mauer weiter, die für mich schwindelerregend hoch war, so dass ich den Blick unverwandt auf meine alten Schuhen gerichtet hielt, weil ich fest damit rechnete, dass sie auf mich herabstürzen würde. An der Ecke bog ich ab, umrundete das Gefängnis und gelangte von der anderen Seite wieder ans Tor, wo der Boden leicht anstieg und anstelle der Mauer ein hoher Stacheldrahtzaun stand. Genau dort fand ich das großartigste Versteck meines Lebens. Ein Versteck, in dem ich mein Herz beruhigen, mein Leben anhalten und die SchUrken, die GAUner, die DIebe und die HAlUnken beobachten konnte.

4

In meinem Gebüsch verborgen, wo die Blätter unter mir leicht raschelten und die Äste sich mir in die Schenkel bohrten, sodass sie schorfige Kratzer hinterließen, in diesem Versteck also erspähte ich nichts von dem, was ich erwartet hatte.

Ich hatte mit Käfigen, Absperrungen und Vorhängeschlössern gerechnet, mit Ketten und Polizisten. Ich hatte mir Schreie vorgestellt, Hunde und Menschen mit gelben Augen, eben jene eingesperrten Schurken, Gauner, Diebe und Halunken. Ich hatte mir auch ein Bild von meinem Vater in dieser ganzen Szenerie gemacht, mit seiner Uniform und all diesen Leuten, die Angst vor ihm hatten, so wie meine Mutter und ich Angst vor ihm hatten, wenn er abends sturzbetrunken nach Hause kam und seine Hand wieder und wieder auf uns niederging, auf meine Mutter, auf mich.

Auf dem Hof war keine Menschenseele zu sehen, und in dem Gefängnis, dessen blauweißes Schild wie das eines Vergnügungsparks aussah, *Welcome to the State Prison of Beau-Bassin*, herrschte tiefe Stille. Von meinem Versteck aus konnte ich natürlich nur einen Teil davon überblicken. Zu meiner Linken weiter unten das Gitter, durch das ich meinem Vater das Essen gereicht hatte, dann ein riesiger

Mangobaum, der für die, die das Gefängnis von der anderen Seite aus sahen, durch die Mauer verdeckt war. Es war der wohl größte Mangobaum, den ich je gesehen hatte, mit einem kräftigen Stamm und glatten, roten Früchten, die sich vom Grün seines üppigen Blattwerks abhoben und, so kurz vor dem Herunterfallen, schwer herabhingen. Unter dem Baum standen in einem weiten Schatten, in den kein Sonnenstrahl fiel, sorgfältig aufgereiht drei Schemel. Außerdem war da ein Haus wie auf meinen Kärtchen aus der Schule. Es hatte ein fast völlig mit zartlila Bougainvilleen bewachsenes Vordach, eine Veranda, Holzbalustraden, Fensterläden und Gardinen. Am Haus vorbei führte eine Allee in den hinteren Teil des Gefängnisses, und obwohl die Sonne hoch am Himmel stand, konnte ich nicht besonders viel erkennen. An der Mauer auf der rechten Seite stand eine Reihe mit roten und blauen Blechhütten, und wie die Allee erstreckten sich auch diese Unterkünfte bis ans Ende der Strafanstalt.

Dieses erste Bild des Gefängnisses von Beau-Bassin hat sich mir fest eingeprägt, glatt und reglos wie eine Postkarte. Nicht eine Katze war auf dem Hof, kein Lärm, nicht einmal Wind, wie mir schien, und mir war, als hätte jemand dieses ganze Schauspiel extra für mich inszeniert, weil er wusste, dass ich mich hier verstecken würde. Unmittelbar hinter dem doppelten Stacheldrahtzaun – hätte ich die Hand ausgestreckt, dann hätte ich mit den Fingerspitzen die Stacheln der Eisenknoten berühren können – standen Büsche von wildwachsenden Blumen, und dahinter lag ein Grasstreifen in üppigem Grün, dem sich ein Gemisch aus Gardenien, Margeriten und Rosen anschloss.

All das, dieser ganze lautlose Reichtum, in dem obendrein mein Vater arbeitete, machte großen Eindruck auf mich. Heute ist mir diese Erinnerung unangenehm wie eine faustdicke Lüge, die ich kurzzeitig geglaubt hatte, denn dieser scheinbare Wohlstand – die sich blähenden Gardinen, die Früchte, die Blumen, der Rasen, die Ruhe – waren nur eine Fassade, nur Blendwerk, und wenn man ein wenig daran kratzte, stieß man auf Finsternis, Dreck, Schreie und Tränen.

Wenn ich ein gewöhnlicher kleiner Junge gewesen wäre, ich meine, ein Junge, der in seinen ersten Lebensjahren nicht in einem Elendsquartier gewohnt hätte, der nicht mit einem Schlag seine beiden Brüder verloren hätte, ein Junge, der Freunde zum Spielen hatte und sich nicht in selbstgegrabene Erdlöcher oder haltsuchend in Astgabeln schmiegte, ein Junge, der keine stundenlangen Selbstgespräche führte, ein Junge, der, wenn er nachts die Augen schloss, etwas anderes sah als den unter einem Felsen eingeklemmten Leichnam seines kleinen Bruders, dann hätte ich dort wohl nur kurze Zeit verweilt, weil mir dieses seltsame Gefängnis langweilig geworden wäre. Doch ich war Raj, und ich liebte düstere Winkel und reglose Orte. Also blieb ich lange dort, beobachtete das Gefängnis und durchforschte es gründlich mit meinen Blicken, von links nach rechts, von rechts nach links und immer so weiter. Ich dachte, wenn Mademoiselle Elsa uns das nächste Mal fragen würde, was wir denn werden wollten, wenn wir groß sind – eine Frage, auf die ich bislang nie hatte antworten können, weil mich die Formulierung »groß sein« grausam an meinen großen Bruder Anil erinnerte und mir bei dieser Frage stets Tränen in die Augen traten und ich einen Hustenanfall wie in Mapou bekam –, ich dann also sagen würde, dass ich gern einen Beruf hätte, in dem man ein versteckter Beobachter sein kann.

Plötzlich ertönte ein Läuten, und ich sah, wie mein Vater hinter dem Mangobaum hervorkam, als hätte er sich die ganze Zeit dort versteckt, und sich gegen das Gittertor lehnte, dort, wo die Ketten zusammentrafen und mehrere Vorhängeschlösser sie eng miteinander verbanden. Drei Polizisten waren aus dem Haus mit den Bougainvilleen gekommen und die Treppe hinuntergegangen. Das waren nun allerdings richtige Polizisten, überhaupt nicht wie mein Vater, der mit seiner braunen Uniform jetzt unscheinbar, schmächtig und vor allem ängstlich wirkte. Die richtigen Polizisten waren größer als er, trugen marineblaue Hosen, weiße Hemden, blauweiße Schirmmützen und vor allem einen Schlagstock am Gürtel. Von meinem Schlupfwinkel aus sah es so aus, als hätten sie alle einen geraden, schwarzen Schwanz. Sie stellten sich lässig in der Nähe des Hauses auf, an der Allee, die nach hinten führte, und waren das ganze Gegenteil meines Vaters, der sich an das Gitter klammerte, ohne dass man wusste, ob er die Schlösser mit seinen Händen aufbrechen oder sie vor jedem und allem beschützen wollte. Nach ein paar Minuten tauchten genau dort, woher mein Vater gekommen war, weiße Schattengestalten auf. Eine Reihe knochendürrer Menschen schlurfte langsam und schweigend über den ungepflasterten Weg und verteilte sich auf dem Hof. Männer, Frauen, Kinder. Alles Weiße. Ihre Kleider waren ihnen zu weit und zu lang, waren auch schmutzig und zerknittert, irgendetwas an ihrer Aufmachung stimmte nicht, sie sahen aus wie Gespenster. Nie zuvor hatte ich so magere, erschöpfte Weiße gesehen – mit meinen acht Jahren glaubte ich, Weiße seien immer Fabrikbosse, steuerten Autos und lenkten Flugzeuge, und nie im Leben hätte ich vermutet, dass sie im Gefängnis sein könnten. Sie blieben auf dem Hof und bewegten sich kaum, vielleicht war das eine kleine Freiheit, die man ihnen gewährte, doch sie kniffen im Sonnenlicht die Augen zusammen und zogen die Schultern hoch, wie man es tut, wenn man durch den Regen läuft, sie schauten mit der Hand über den Augen zum Himmel, und viele von ihnen flüchteten sich unter den Mangobaum und unter das Vordach, aber ich weiß noch, dass sich niemand von ihnen auf einen der drei Holzschemel setzte, obwohl alle sehr müde aussahen. Niemand machte Anstalten, sich auch nur eine Mango zu pflücken, um Hunger und Durst zu stillen. Ich erinnere mich an das dichte Laub des Mangobaums, an die Dutzenden herabhängenden Früchte, die von Weitem wie granatrote Flecke wirkten. Und diese blassen, schwächlichen Menschen darunter wussten vielleicht nicht einmal, was sich da über ihrem Kopf befand. Ich verstand nicht, was ich sah, konnte einfach nicht glauben, dass dies die SchUrken, GAUner, DIebe und HAlUnken sein sollten. Abgesehen von ihrer Hautfarbe wirkten sie genauso erschöpft wie meine Mutter, und sie starrten vor sich hin, wie meine Mutter es manchmal tat – sie fixierte, egal, zu welcher Tageszeit, einen Punkt und verwandelte sich in eine Statue. Ich überlegte, ob womöglich auch diese Menschen ihre Kinder verloren hatten, mit einem Schlag, einfach so, ohne Grund, ohne dass sie ihrer Wut

Luft machen oder jemandem die Schuld daran geben konnten.

Ich weiß nicht mehr, wann genau ich David entdeckte. Vielleicht, als er auf den Stacheldraht zuging. Zuerst sah ich sein wundervolles Haar, diese Fülle, die um seinen Kopf wogte und trotzdem so gut an ihm aussah, wie an mir nie etwas ausgesehen hatte. Mit diesen Locken, die seine Stirn verdeckten, und mit der Art, wie er sich vorwärtsbewegte, steif, doch nicht wacklig, nein, erweckte er den Eindruck, als wäre er aus Holz und Eisen und als wären seine Scharniere schon seit geraumer Zeit nicht mehr geölt worden. Er trug braune Shorts wie mein kleiner Bruder Vinod, und sie betonten das Weiß seiner Beine. Er kam auf das Gittertor zu, langsam, ohne Eile, und es erschien mir unglaublich, dass er wie durch einen vertrauten Garten ging, während er doch im Gefängnis war, er kam näher und näher, da war er, ich konnte sein Gesicht nun deutlich sehen, sein kleines Gesicht eines blonden Kindes, mutterseelenallein in der schwülen Hitze von Beau-Bassin. Es gab noch andere Kinder auf dem Hof, doch sie blieben meistens dicht bei einem Erwachsenen, keines von ihnen spielte, keines lief umher, und keines schien zu sprechen. Alles kleine Rajs, wie ich.

David hat mir später erzählt, dass er zu den wildwachsenden Blumen gegangen war, die am Stacheldrahtzaun standen. David liebte Blumen, es war, als hätte er in seinem Leben noch nie welche gesehen, und natürlich sind die Blumen in Beau-Bassin wirklich anders als die, die in Prag gedeihen. Ich für mein Teil war damals überzeugt davon, dass er zu mir kam. Seine Augen sahen mich an, anders konnte es gar nicht sein, und mein Herz tat einen Sprung. Er kam näher und näher an das Gitter heran, zitternd drückte ich mich noch tiefer in den Boden, doch da drehte er sich plötzlich zu den anderen um und entfernte sich mit wenigen Marionettenschritten wieder vom Stacheldraht. Dann blieb er stehen, mit dem Rücken zu mir, höchstens ein paar Meter von mir entfernt, sein Hemd war aufgerissen, so dass die Ärmel schlaff an den Schultern und an den Manschetten hingen und ich die Rückseite seiner Arme sehen konnte. Er setzte sich in das dichte Gras und tat es mir gleich, er schaute von links nach rechts und von rechts nach links. Ich konnte meinen Blick nicht von seinem Haar losreißen, es gehörte wahrscheinlich zum Schönsten, was ich in meinem zarten Alter je gesehen hatte. In der strahlenden Sonne jenes Dezembertags, wenige Wochen vor dem Jahresende und knapp zwei Monate, bevor sich der Todestag meiner Brüder zum ersten Mal jährte, leuchtete sein Blondschopf auf wie ein Bukett aus goldenen Fäden. Es war wundervoll. Wenn er den Kopf wandte, um wie ich alles im Blick zu behalten – ja, obwohl wir uns nicht kannten, taten wir doch das Gleiche –, hüpften seine Locken ganz leicht, als steckten sie auf Tausenden von winzigen Sprungfedern.

Ich war sehr froh über meinen Tag, über mein Versteck, über meine Entdeckungen, und früher hätte ich es kaum erwarten können, Vinod und Anil davon zu erzählen, so wie ich es mit den Dingen getan hatte, die ich in der Schule gelernt hatte, und dann ihre weit aufgerissenen Augen, diese Augen, die meinen so ähnlich waren, ach, ich freute mich immer so, wenn ich ihnen Dinge erzählen konnte, bei denen sie die Augen aufrissen, aber nun war das alles nur noch für mich da, deshalb führte ich ja auch Selbstgespräche – um ein bisschen von meinem Tag zu erzählen, um ein bisschen von den Worten, den Aufregungen, den Bildern und den Eindrücken herauszulassen, die sich in mir anstauten.

Plötzlich bebten Davids Locken und auch seine Schultern, er verbarg seinen Kopf auf den Knien, die er im Sitzen an die Brust gezogen hatte. Ich hörte ihn schluchzen. Das kannte ich nur zu gut, dieses Weinen, das einen Schluckauf hervorruft und ein leises Aaahh, als bohrte einem jemand langsam, ganz langsam, ein Messer ins Herz, ich kannte dieses Weinen nur zu gut, das wie aus dem Nichts auftaucht, unvermittelt, während man doch ruhig auf einem üppigen Stück Rasen sitzt und die Sonne einem die Schultern wärmt. Ich richtete mich auf und hatte den unerträglichen Wunsch, ihn zu rufen, ihn zu trösten, ihm zu sagen, was Anil immer zu mir gesagt hatte: »Das geht vorbei, hör auf zu weinen, deine Nase läuft, und bärks, du schluckst ja den Rotz runter.« Dieses »du schluckst ja den Rotz runter«, hatte uns immer zum Lachen gebracht, und er hatte jedes Mal hinzugefügt: »Das schmeckt salzig, nicht?«, und schon hatte ich meine Tränen vergessen.

An jenem Tag tat ich das Gleiche wie David, etwas, was mich von Zeit zu Zeit überkam, mit einem Knoten, der sich plötzlich in meiner Magengrube zusammenzog, dann Atemnot und diese aufsteigenden Tränen, gegen die ich mich nicht wehren konnte. Ich verbarg meinen Kopf zwischen den Blättern und weinte, genau wie er nur wenige Meter von mir entfernt.

Ich weiß nicht, wie lange ich so mit dem Gesicht auf dem Boden dagelegen hatte, doch plötzlich hörte ich meinen Vater rufen. Etwas wie: »He, du da!« Ich hob den Kopf und sah überrascht, dass David ans Tor gepresst dastand, vielleicht bohrte sich der Stacheldraht in seine Hände. Er starrte zu meinem Versteck herüber. Ich reckte den Hals, mein Kopf muss einen furchterregenden Anblick geboten haben, die Tränen, die Erde, die festgeklebten Blätter, doch er lächelte mir zu. Ich versuchte, sein Lächeln zu erwidern, meine Tränen versiegten schlagartig, und der Knoten in meinem Bauch löste sich, doch ich sah ihn mit meinen aufgerissenen, roten Augen und dem Kopf eines Wilden einfach nur weiter an. Er lächelte immer noch. Da winkte ich ihm verstohlen zu, und hinter ihm tauchte ein Polizist auf, der näher kam. Ich versteckte mich wieder, und David drehte sich um. Der Polizist bedeutete ihm mit einer barschen Geste etwas wie: Komm da weg, und während es erneut läutete und all die mageren, schmutzigen und erschöpften Menschen ihre Zuflucht unter dem Mangobaum und unter dem Vordach verließen und auf die Allee zurückkehrten, kam der Polizist bis ans Tor und spähte in meine Richtung. Dann gab er mit trockenen Lippen eine Art Schnalzen von sich, ein leicht überdrüssiges »Tchik«, und ging zurück.

Im Dunkel der Allee, die diese Menschen wer weiß wohin führte, zu einem Ort, dem sie alle schicksalsergeben entgegenschlurften, als gäbe es für sie nichts anderes zu tun, in dieser Düsternis, in die die Sonne nicht mehr vordrang, verlosch der goldene Glanz von Davids Haar.

5

An jenem Abend kam mein Vater mit Mangos nach Hause. So, wie meine Mutter, die noch immer für fünf kochte, hatte er fünf Mangos mitgebracht. Ich betrachtete sie verstohlen, als wüssten diese glatten, roten Früchte, die mit kleinen, grünen Flecken übersät waren, ganz genau, womit ich mir den Nachmittag vertrieben hatte. Ich hatte sie oben im dichten Blattwerk hängen sehen, und ich war mir sicher, dass auch sie sich an mich erinnerten. Als ich eine in die Hand nahm, war sie schwer und warm.

Mein Vater zog sein Taschenmesser hervor und setzte sich mit dem Blick auf den Wald auf den flachen Stein vor unserem Haus. Langsam und sorgfältig schnitt er eine dünne Scheibe von der Mango ab, klemmte sie zwischen Finger und Messer und aß sie auf. Lautlos glitt das glänzende, orangefarbene Stück in seinen Mund, und er schluckte es hinunter, ohne zu kauen. Ich weiß nicht, wo er das gelernt hatte, früher in Mapou hatten wir uns hingekauert und die Mango, die wir aßen, mit beiden Händen festgehalten, der Saft lief uns an den Unterarmen hinunter, und wir leckten ihn gleich ab. Früher in Mapou hatten wir immer die ganze Mango gegessen, auch die Schale und den kleinen, etwas festen Stiel, mit dem sie am Ast gehangen hatte, und wir lutschten den Kern stundenlang, bis er rau und fade war und nur noch fürs Feuer taugte.

Ich ging ein paar Schritte ums Haus, die Hitze hatte nachgelassen, und die Stille des Waldes bildete einen dichten Schutzwall rings um uns. Ich näherte mich meinem Vater und hatte lauter Fragen, die ich ihm stellen wollte, auf der Zunge. Wer waren diese Leute, diese weißen Häftlinge? Waren das die Gauner, Schurken und Halunken von Beau-Bassin? Warum gingen sie so langsam, als hätten sie überhaupt nichts mehr in den Beinen, nur noch Haut und ein bisschen Knochen? Und hatten diese dünnen, schwachen Kinder auch gestohlen oder sonst etwas verbrochen, wofür man ins Gefängnis kam? Mein Vater lud mich nicht ein, mich zu ihm zu setzen, er sah mich nicht einmal an, er starrte weiter vor sich hin, drehte sein kleines Messer zwischen den Fingern hin und her und stand seufzend auf.

Jahre später – als ich selbst Vater wurde und meinen Sohn auf eine Weise liebte, die ich bei mir nicht für möglich gehalten hätte, als ich ihn in den Arm nahm, eine Geste, die mein Körper vollführte, noch bevor ich mir dessen bewusst wurde – stellte ich mir oft die Frage, was es ihn, meinen Vater, wohl gekostet hätte, mich normal anzusehen, ohne seinen drohenden, irren Blick, und mich nur ein einziges Mal zu bitten, mich zu ihm zu setzen, mir dann ein, zwei Dinge von seinem Tag zu erzählen oder auch gar nichts zu sagen und einfach einen Augenblick der Abendstille mit mir zu teilen, was hätte ihn das wohl gekostet?

Doch damals, als mein Vater war, wie er war, kalt und abweisend, dankte ich Gott, wie meine Mutter es mich gelehrt hatte, für jede ruhige Nacht, für jeden Abend, an dem er düster, schweigend und ungefährlich nach Hause kam, mit einem Herzen, das so schwer und still war wie der Stein, auf den er sich nach dem Abendessen setzte. Damals, an dem Abend, stellte ich meine Fragen nicht, und vor dem Schlafengehen dankte ich Gott für seine große Güte und Barmherzigkeit, weil er uns einen Abend ohne einen Vater geschenkt hatte, dessen Hand und dessen Fußtritte wieder und wieder auf uns niedergingen, auf meine Mutter, auf mich.

In den nun folgenden Wochen brachte ich meinem Vater jeden Mittag das Essen ins Gefängnis. Meine Tage waren ausgefüllt, und ich konnte nicht mehr so oft wie früher im Wald herumstromern. Meine Mutter arbeitete seit einiger Zeit als Aushilfe für die Schneiderin des Dorfes, Madame Ghislaine, deren Haus so weiß war, dass man die Augen zusammenkneifen musste. Rings um das Haus hatte sie rote Dahlien gepflanzt, und das war schön anzusehen, diese Blumen, die sich an die Hauswand schmiegten, rot gegen weiß, wie unzertrennliche Geschwister. Meine Mutter ging ihr in der Neujahrszeit zur Hand und sorgte, wie sie es selbst nannte, für »den letzten Schliff«: mit engen Stichen einen Saum nähen, Volants ansetzen, einen Bund in gleichmäßige Falten legen, alle überflüssigen Fäden abschneiden, stärken, bügeln, zusammenlegen. In jenen Ferien schickte meine Mutter mich gleich morgens los, damit ich die Kleider, Röcke, Mieder, Unterröcke und Hosen holte. Ich schlug den Weg hinter unserem Haus ein und musste eine gute halbe Stunde bis zum Dorfeingang wandern, wo das erste Haus, blütenweiß mit roter Spitze, das von Madame Ghislaine war. Die Schneiderin legte die Kleidungsstücke in ein Tuch, dessen Enden sie zur Mitte umschlug und zu einem dicken Knoten band. Dann lud sie mir diesen großen Packen auf den Rücken und kehrte kurzerhand an ihre schwarze Nähmaschine zurück, als wäre es vollkommen normal, dass ein so schmächtiges Kind wie ich mit einer solchen Last auf den Schultern zu Rande kam.

Mit beiden Händen hielt ich das dicke Bündel auf meinen Schultern fest und machte mich auf den langen Weg nach Hause. Das Tuch rutschte weg, und ich musste mir das Kreuz verrenken, um das Bündel zurechtzurücken und wieder richtig zu fassen zu bekommen. Ich konnte nicht anhalten, denn dann hätte ich das Tuch auf der Erde oder im Gras absetzen müssen, und es wäre schmutzig geworden. Ich hatte große Angst, dass ich das Bündel fallen lassen könnte und Kleider, Röcke, Mieder, Unterröcke und Hosen kreuz und quer auf dem Boden landeten, so dass dann, ganz wie mein Vater, auch meine Mutter bedauert hätte, dass ich, Raj, überlebt hatte. Anil hätte dieses Bündel mühelos getragen, mit der ganzen Kraft, die er hatte, und Vinod hätte eine Methode entwickelt, mit der er die Last auf dem Rücken besser ausbalanciert hätte, und er hätte beim Tragen gelächelt, wie damals, als er mit zwei schwankenden, randvollen Wassereimern beladen war.

Es war ein langer Weg, den ich zurücklegte, mit einem krummen, bald schon brennenden Rücken und gebeugten Knien, die Arme und Finger taub, als wäre alle Kraft aus ihnen gewichen, doch unter keinen Umständen hätte ich den Broterwerb meiner Mutter fallen lassen. Wenn ich an unserem Haus ankam, lief meine Mutter herbei, und ich hörte ihre kleinen Schritte und schon bald ihre Worte, mit denen sie mich tröstete und lobte. Mein armer Raj, mein kleiner Raj, mein großer Junge, bravo.

Sobald sie mir die Last von den Schultern genommen hatte, taumelte ich und fiel zu Boden wie ein Klotz, während schwarze Pünktchen vor meinen Augen flimmerten. Meine Mutter brachte mir ein großes Glas Wasser mit viel Zucker, ich trank es mit lauten Schlucken, und tief aus meiner Kehle drang das eine oder andere »Hmmm«. Ich blieb im Gras liegen, und manchmal war mir, als würde ich in der Erde versinken, so schwer waren meine schmerzenden Muskeln.

Eine Stunde später brachte ich meinem Vater das Mittagessen und nahm wieder den Umweg, um zu meinem Versteck zu gelangen. Je mehr Zeit ins Land ging, umso inständiger hoffte ich jeden Mittag, den Jungen mit den goldenen Haaren wiederzusehen. Ich flehte den abendlichen Gott an, zu dem ich um eine ruhige Nacht betete, mir David wiederzugeben. Doch zwei lange Wochen oder vielleicht noch länger sah ich ihn nicht. Die anderen waren alle da, dazu das Läuten, ihr Schlurfen, ihre Reglosigkeit in schattigen Winkeln, und auch die mageren Kinder erschienen auf der Bildfläche, nur nicht das, nach dem ich Ausschau hielt, das geweint hatte und mit dem ich seine Traurigkeit geteilt hatte.

Von meinem Gebüsch aus beobachtete ich auch meinen Vater, doch er machte mir keine Angst. Er schloss das Gefängnistor auf und zu und hatte viele Schlüssel in seiner Tasche, die sich als Beule auf seinem Oberschenkel abzeichneten. Wenn er rannte, hörte man ihn schon von Weitem, er klapperte, aber er machte mir keine Angst.

Mein Vater salutierte oft, lief häufig hinter Autos her und servierte seinen Chefs Tee auf einem Tablett. Das war, glaube ich, seine ganze Arbeit. Freitags pflückte er Blumen und gab sie dem Chauffeur des Direktors, der sie in Zeitungspapier wickelte. Sie sprachen nicht miteinander und handelten zügig, aus Angst, ihre Hände könnten sich berühren, dann kehrte mein Vater in sein Revier zurück und der Chauffeur unter den Mangobaum, wo er sich auf einen der Schemel setzte und wartete. Er wartete auf den Gefängnisdirektor, einen Engländer namens Singer, den ich hin und wieder sah. Er war ein exzellent gekleideter Mann und trug Sachen, die ebenso neu waren wie die, die meine Mutter stärkte und bügelte. Wenn Mr Singer kam, standen die Polizisten stramm. Mein Vater dagegen vollführte so etwas wie einen albernen Bückling und blieb in dieser Haltung, bis der Direktor in dem Haus mit den zartlila Blumen verschwunden war.

Manchmal, wenn alles ruhig war, rauchte mein Vater eine Zigarette unter dem Vordach mit den Bougainvilleen, und ich betrachtete ihn ausgiebig, anders als zu Hause, wo er mich längst angeschrien hätte: »Was gaffst du so, stimmt was nicht?«, doch dort, nein, dort war er nur ein kleines Licht in einer unscheinbaren Uniform, mit dem Hemd über der Hose – nicht so wie die Polizisten mit ihren eingesteckten Hemden und ihren Gürteln –, und in dem Moment damals flößte er mir keine Angst ein.

Als er das Tablett mit zwei Tassen, einer Teekanne und Keksen brachte und dabei kleine Schritte machte und sich der Saum seiner Hose in seinen Latschen verfing, er aber trotzdem weiterging, die Augen starr auf das Tablett gerichtet, mit kleinen Trippelschritten, bekam ich Lust, mit Steinen nach ihm zu werfen, ich wollte, dass er stolperte, wollte, dass er wütend wurde und sich in den Mann verwandelte, den ich kannte, den Mann, der nicht zuließ, dass sich der Hosensaum in seinen Latschen verfing, der große Schritte machte, wie um Anlauf zu nehmen, weit, weit mit der Hand ausholte und sie wieder und wieder auf mich und auf meine Mutter niedergehen ließ.

Eines Morgens erzählte mir Madame Ghislaine, dass Weihnachten sei. Sie hatte die Enden des Tuchs bereits umgeschlagen, doch anstatt schnurstracks an ihre Nähmaschine zurückzukehren, sagte sie diesmal mit heiserer Stimme zu mir: »Oh, du bist ein braver Junge, es ist Weihnachten, ich weiß, doch was willst du, so ist das nun mal, wenn es Arbeit gibt, muss man eben arbeiten, was?«

Ich hörte das Wort Weihnachten zum ersten Mal, und obwohl ich den Mund seit Wochen nur aufgemacht hatte, um »Guten Tag, Madame«, »Danke Madame«, »Bis morgen, Madame« zu sagen, wie meine Mutter es mich gelehrt hatte, fragte ich diesmal: »Weihnachten, was ist das?«

Sie war im Begriff, das Tuch zu verknoten, doch ihre Hände erstarrten. Sie sah mir in die Augen und presste ihre rechte Hand auf den Mund, wie um einen Schrei zu unterdrücken. Dann, ich erinnere mich, als wäre es gestern gewesen, füllten sich ihre Augen so plötzlich mit Tränen, dass es aussah, als hätte sie sich ihr Leben lang zurückgehalten und nun, angesichts meiner Frage, wäre es genug und das Fass wäre mit einem Schlag übergelaufen.

Sie hob mich so mühelos hoch wie einen gewöhnlichen Blumentopf und setzte mich in einen Sessel. Sie begann, mir von Jesus zu erzählen, von dem kleinen Jungen, der in einem Stall geboren war, und von seiner wunderbaren, makellosen Mutter, von dem Stern, der Könige zu ihm geführt hatte, von dem gütigen, großzügigen Mann, der dieser Jesus geworden war, von den Wundern, die er getan hatte, von diesem Sohn Gottes, der alle Menschen geliebt und mit den Bedürftigen geweint hatte, von diesem guten, schönen Gott, der am Kreuz gestorben war und vergeben hatte. »Weihnachten vor 1944 Jahren«, sagte sie, »ist dieser Gott geboren.« Manchmal sagte sie »Gott«, manchmal sagte sie »der Sohn Gottes«, manchmal »der liebe Herr Jesus«, doch was ich davon behielt, war, dass dieser Jesus Wunder vollbrachte. Er war auf dem Wasser gegangen! Die Schneiderin in dem rotweißen Haus nahm mich bei den Händen und sprach so freundlich mit mir, wie in der Schule manchmal die Lehrerin, und sie eröffnete mir, dass sich die Kinder an diesem heiligen Tag, an diesem Tag, der Weihnachten genannt wurde, vom Jesuskind (oder vom Sohn Gottes oder vom lieben Herrn Jesus) wünschen dürften, was sie wollten, und dass der Wunsch wundersam in Erfüllung gehen würde.

An jenem Tag quälte ich mich auf dem langen Heimweg nicht wie sonst unter der Last meines Bündels. Ich dachte an diesen Gott, der auf dem Wasser gehen konnte, und ich dachte an unseren Fluss, der zu einer Schlammlawine angeschwollen war, und ich überlegte, dass, wenn unsere Familie darum betete, wie Madame Ghislaine es mir gesagt hatte, wenn wir den Gott wechselten, wie mir Madame

Ghislaine geraten hatte, und wenn ich vielleicht um dieses herrliche Wunder bat, nämlich meine beiden Brüder wiederzusehen, wenn ich diesen Wunsch, diese Bitte wagte … Unterwegs wuchs und reifte dieser unglaubliche Gedanke, diese verrückte Hoffnung in mir heran und erfüllte mich mit einer lodernden Kraft, so dass ich das Bündel trug, als wären meine Brüder bei mir, Anil vorweg, Vinod dicht hinter mir, auch sie mit einem Bündel beladen, so wie wir früher die Eimer getragen hatten, und wieder vereint stellten wir drei uns kühn dem Leben.

Als mein Vater nach Hause kam, erzählte ich ihm von Jesus, dem Gott, der auf dem Wasser gegangen war und Wunder tat. Ich war so aufgewühlt von dieser Neuigkeit, dass ich nicht auf seinen torkelnden Gang achtete, den Alkohol nicht roch und weder seine blutunterlaufenen Augen noch seinen aufgedunsenen Mund bemerkte. Als mir all das auffiel, alles, was zu beachten und zu erkennen meine Mutter mich gelehrt hatte, all diese Vorboten einer Nacht, in der wir so leise, so unsichtbar und so reglos wie irgend möglich sein mussten, als mir all das auffiel, war es schon zu spät.

Mein Vater entwickelte die Geschmeidigkeit einer Raubkatze, als er sich auf uns stürzte, als wären wir seine Beute, die er gehetzt und in die Enge getrieben hatte. Er knöpfte sich immer zuerst meine Mutter vor, und während er auf sie losging, wich sie zurück, mit vorgehaltenen, gespreizten Händen, mit diesen armen, faltigen Händen, diesem lächerlichen Bollwerk, diesem läppischen Schutz. Erfinde ich das Grinsen auf dem Gesicht meines Vaters jetzt dazu? Erfinde ich seine plötzlich aufflackernden, grausamen Augen dazu? Und wenn ich behaupte, dass ihm das alles Spaß machte, ist es dann die Stimme des alten Mannes oder die Erinnerung des kleinen Jungen, die aus mir spricht?

Mit einem Griff, einem einzigen, packte mein Vater die Hände meiner Mutter und verrenkte sie, bis sie schrie. Dann schlug er zu, während er mit der einen Hand die Hände seiner Frau umklammerte und mit der anderen vehement auf ihren Kopf und ihre Schultern eindrosch. Was für eine unglaubliche Kraft mein Vater in solchen Momenten hatte, was für eine Kraft dieser Mann hatte – dem ich in meiner Jugend ähnelte, oh, Gott sei Dank nur körperlich ähnelte, doch auch das bedauerte ich jedes Mal, wenn ich meinem Spiegelbild begegnete – woher kam diese Kraft, und warum setzte er sie auf diese Weise ein? Er war sternhagelvoll, doch er schlug gezielt und geduldig zu. Er versetzte meiner Mutter eine kräftige Ohrfeige mit der flachen Hand, so dass ihr Kopf zur Seite flog. Er wartete, bis sie ihn wieder ansah, um ihr den nächsten Hieb zu versetzen, genauso kräftig, genauso gezielt und immer weiter, bis meine Mutter den Kopf auf die Brust sinken ließ. Mein Vater schüttelte sie wie eine Flickenpuppe und warf sie zu Boden, und ich, der kleine Raj, stand in diesem Augenblick wartend da und betete zu Gott, damit der etwas tat, jetzt, sofort, etwas, was diesen Mann erstarren, vornüberfallen, in den Schlaf sinken ließ, irgendetwas, ich weiß nicht mehr, was ich damals von diesem Gott erflehte, doch ich betete intensiv darum, dass etwas geschah, bevor die Schläge meines Vaters meine Mutter töteten und auch mich. Mich.

Ich wartete darauf, dass er mit ihr aufhörte, wartete darauf, dass er mit mir anfing, wartete auf diesen einzigen Moment, in dem ich meiner Mutter helfen konnte. Ach, wie oft hatte ich versucht, sie auseinanderzubringen, wie oft hatte ich versucht, mich auf meinen Vater zu stürzen, doch wie schon gesagt, er war wie ein wildes Tier, wir waren seine Beute, und niemals gewann ich diesen Kampf. Als er nun also meine Mutter von sich schleuderte, fing ich sie in ihrem Sturz auf. Das war alles, was ich tat, alles, was ich tun konnte. Ich hatte gesehen, wie Anil das in Mapou getan hatte. Sie auffangen, damit ihr Kopf nicht auf dem harten Boden dieses Hauses im Wald zerschmettert wurde. Doch kaum spürte ich das Gewicht meiner Mutter, als auch schon die Hand meines Vaters wieder und wieder auf mir niederging, meine Lippen aufplatzen ließ, an meinem Ohr vorbeipfiff, meine Augen verschloss und meine Nase aufriss. Mein Vater sagte kein Wort, ja, er schien nicht einmal mehr zu atmen. Meine Mutter weinte, versuchte aufzustehen, flehte, und ich hörte nur noch den Höllenlärm einer Schlammlawine. Das war mein erstes Weihnachten.

Die Tage nach den Wahnsinnsanfällen meines Vaters waren jedes Mal gleich. Meine Mutter und ich blieben zu Hause, wie betäubt, wie erschlagen, unsere Bewegungen waren langsam, unser Hirn wie aufgeweicht. Meine Mutter brachte Stunden damit zu, Mixturen für Umschläge und Tees, Tränke und Salben aus Kräutern, Wurzeln, Blättern und Blüten zu brauen, die sie im Wald gesammelt hatte. Damit versorgte sie unsere Wunden. Doch an diesem 26. Dezember 1944 reichte ihre Heilkunst nicht aus. Ich weiß nicht, was genau an diesem Morgen geschah, vielleicht wachte ich nicht auf, vielleicht wirkten die Tinkturen meiner Mutter nicht. Ich weiß nur noch, dass mein Vater mit einer Stimme sprach, die ich an ihm nicht kannte, einer dünnen Stimme, fast der einer Frau, als er irgendjemandem erklärte, ich sei vom Baum gefallen, ich sei ein Wildfang, und so brachte man mich ins Gefängnis, zu den GAUnern, DIeben und HAlUnken. Ich merkte es, als ich auf dem Arm meines Vaters direkt an dem großen Mangobaum vorbeikam und ich das Rascheln seiner Hosen hörte, das sich mit dem Klappern seiner Latschen vermischte.

Er blieb mehrmals stehen, und jedes Mal sagte er mit seiner Frauenstimme auf Französisch: vom Baum gefallen. Ich wusste nicht, dass mein Vater überhaupt Französisch konnte, doch auf jeden Fall war es genug, um zu lügen und zu vertuschen, was er seinem Sohn angetan hatte. Im Grunde genommen hätte es auch sein können, dass er Englisch oder Spanisch oder Chinesisch sprach, das hätte mich alles nicht überrascht, denn eigentlich kannte ich ihn gar nicht. Zwischen uns gab es eine unüberwindliche Mauer der Gewalt und des Todes. Ich musste an meine Mutter denken, und als er mich in ein Bett legte, weinte ich mich in den Schlaf. Ich hatte vorher noch nie in einem Bett gelegen. In Mapou und in unserem Haus im Wald schliefen wir immer auf Matten aus getrockneten und geflochtenen Palmblättern. Ich weiß noch, dass ich im Bett dieses Krankenhauses auf dem Gefängnisgelände – ja, es gab hier ein Krankenhaus, damals fand ich das nicht ungewöhnlich, ich kannte ja keine anderen Gefängnisse, und für mich hatte jedes Gefängnis einen Mangobaum, ein Gittertor mit einem gemalten Schild, Blumen und einen Rasen, Hütten, Schattenplätze, gut gekleidete Polizisten, traurige Schattengestalten und natürlich ein Krankenhaus –, dass ich also in diesem Bett zum ersten Mal seit Monaten wieder an die dicke, weiße Rauchwolke dachte, die über das Zuckerrohrfeld am Camp von Mapou gezogen war und in der ich mein Leben hatte verbringen wollen.

Ich glaube, ich schlief damals viel. Mein Zustand war ernst: eine gebrochene Nase, zerschlagene Rippen, Blutergüsse, ein blaues, unförmiges Etwas anstelle der Lippen. Wenn ich daran zurückdenke, kommt mir mein Sohn in den Sinn, und ich sehe ihn wieder vor mir, wie er mit acht Jahren sein erstes Fahrrad ausprobierte. Er war auf das Äußerste konzentriert: in die Pedale treten, beide Hände am Lenker lassen, das Gleichgewicht halten, auf die Straße schauen und mich im Blick behalten, mich, der ich hinter ihm herlief, denn hatte ich nicht wie alle Väter versprochen, ihn nicht loszulassen? Ich erinnere mich an seinen freudestrahlenden Blick und an sein Lächeln von einem Ohr bis zum anderen, das sich nicht verändert hatte, seit er an jenem Morgen dieses Geschenk erhalten hatte. Er radelte nun schon recht schnell, ich hörte meine Frau und meine Mutter hinter mir lachen und meinen Sohn anfeuern, da ließ ich ihn los, weil er sich auch ohne mich zu helfen wusste. Nach ein paar Metern drehte er sich um, warf einen entsetzten Blick hinter sich und stieß den Schrei eines ängstlichen Kindes aus, das plötzlich allein ist, und obwohl ich wusste, dass es richtig war, ihn selbständig fahren zu lassen, weil man nur so Rad fahren lernt, bekam ich ein schlechtes Gewissen …

Wenn ich ihn mir einen kurzen Moment in dem Zustand vorstelle, in dem ich im Alter von neun Jahren an jenem 26. Dezember 1944 gewesen war, möchte ich laut schreien.

Ich schlief viel, und wenn ich die Augen öffnete, waren Gespenster mit farbigen Augen und bleicher Haut über meinem Bett, und ich hatte diese Spukgestalten schon früher gesehen, umherwandernd auf einem sonnenüberfluteten Hof, auf dem ein großer Mangobaum stand. Ich hatte das Gefühl, in einer Welt aus Watte zu sein, mit gedämpften Geräuschen und dämmrigem Licht, mein Körper eingesunken in der Matratze und dem weißen Betttuch.

Mehrmals berührte ein mit Goldfäden umrahmtes Gesicht sanft mein Gesicht, dort, wo es geschwollen und blau war. Wenn ich die Augen aufschlug und es über meinem Kopf war, lächelte es mich an. Er hatte mich erkannt, mich, den Jungen aus dem Gebüsch. Er hatte mich höchstens ein paar Minuten gesehen, doch ich war mir sicher, und bin es noch, dass es ein Erkennen auf den ersten Blick war, ein körperliches Identifizieren, auch ein Erkennen des Unglücks, und ich wurde sehr ruhig, ganz, als wäre ich in einem meiner Verstecke und niemand könnte mir meine Brüder wegnehmen und mir wehtun.

6

Ich wurde durch eine Kranke geweckt, die laut schrie. Es war Nachmittag, ich merkte es an dem blassgelben Licht und der schweren Hitze, die mich umgab. Sie war eine alte Frau, die älteste, die ich je gesehen hatte, dabei gab es auch in Mapou durchaus alte Menschen. Die Frau lag flach auf dem Bett, und von Weitem hätte man meinen können, ihr Lager sei leer, wäre da nicht ihr rachitischer Arm gewesen, der sich von Zeit zu Zeit hob. Als die Krankenschwestern kamen, sprang sie auf. Sogar ich, der das alles aus sechs Betten Entfernung – ich hatte sie gezählt – hinter meinem Moskitonetz mit ansah, zuckte zusammen. Ihr Gesicht sah aus, als wäre es eingeschlagen worden, platt gedrückt und völlig zerknittert. Die Haut um ihre Augen war nach innen gezogen, was den Eindruck erweckte, die Augenhöhlen könnten in ihrem Kopf jeden Moment zuklappen. Die Alte packte eine Krankenschwester an der Kehle, und alle schrien auf, auch ich. Es war sonderbar, doch ich merkte nicht gleich, dass sie in einer anderen Sprache redeten. Ein Arzt kam herbei, und es waren drei erwachsene Menschen nötig, um mit der alten Dame fertig zu werden. Man band sie mit Laken ans Bett, und anschließend lehnten sich die drei Erwachsenen, obwohl groß und stark, keuchend gegen das Fußende des Eisenbettes, als wären sie um den ganzen Wald gelaufen.

Eine Krankenschwester sah, dass ich mich auf die Ellbogen gestützt hatte, und kam zu mir. Sie schaute mich mit ihren blauen Augen an, was mich sehr beeindruckte. Sie legte ihre Hand auf meine Stirn, zog ein Thermometer aus der Tasche, steckte es kurz unter meine Zunge und sagte auf Französisch: »Du hast kein Fieber mehr. Du kannst bald wieder nach Hause.«

Sie blieb, mit den Händen in den Taschen, noch einen Augenblick am Ende meines Bettes stehen, als wollte sie mir noch etwas mitteilen, doch dann zog sie das Moskitonetz rings um mein Bett zurecht und ging davon. Als sie den Saal durchquerte, hoben sich, flehend und bittend, überall Arme von den Betten, aber sie ging langsam und mit gesenktem Kopf weiter, als wäre sie allein auf der Welt. An der Tür drehte sie sich um, vollführte langsam eine ausladende Geste, wie um mit der Hand über den Saal zu streichen, und alle Arme senkten sich wieder. Ich überlegte, ob dies in ihrer speziellen Sprache vielleicht eine Form der Beruhigung war, eine Form, um zu sagen: Noch ein bisschen Geduld.

Ich dachte noch darüber nach, als David an mein Bett kam. Ich hörte ihn deutlich, mit dem ganzen Lärm, den er machte, er ging ein wenig schlenkernd, und jeder seiner Schritte polterte auf dem Boden, als hätte er Eisenstücke an den Füßen.

Wie soll ich beschreiben, was ich fühlte, als er mit seinen blonden Haaren vor mir stand, mit seinen grünen Augen, seinen eingefallenen Wangen und seinem feinen Lächeln – mit diesem winzigen Zucken, das seinen Mundwinkel ein klein wenig anhob und das man heute als ironisches Lächeln bezeichnen würde, doch damit hatte es ganz und gar nichts zu tun, es war weit, himmelweit entfernt von jeder Ironie, dazu wäre David schlicht und einfach nicht fähig gewesen, nein, es war wie der Anflug eines Lächelns, wie der Beginn von etwas Besserem, etwas Schönem, was einen veranlasste, innezuhalten und ungeduldig auf das zu warten, was nun folgen würde – dazu sein Hemd, das so abgetragen war wie meines, das kleine Stück der goldenen Kette, die um seinen Hals lief, in die Vertiefung seines Schlüsselbeins fiel, am Knochen wieder aufstieg und unter dem grauen Stoff verschwand, die zögernde Art, mit der er das Moskitonetz beiseiteschob und mich genauso gutmütig anschaute wie vorher, als wir gemeinsam geweint hatten … Ich war so froh, ihn wiederzusehen, und vor allen Dingen ungemein erleichtert, dass es ihn wirklich gab!

Zunächst sprach er sehr leise mit mir, in dieser sonderbaren, zischenden Sprache. Das störte mich nicht weiter, und so wisperte er eine ganze Weile. Er hatte sich zu mir gebeugt, und seine Rede war in meinen Ohren wie ein langes Tuscheln, das mich außerordentlich beruhigte, ganz wie ein Gebet, das mir ins Ohr geflüstert wurde. Und vielleicht war es ja wirklich ein Gebet. Es tat mir leid, dass ich nicht verstand, was er mir erzählte, was er auf dem Herzen hatte und mit mir teilen wollte, noch bevor wir uns unsere Namen gesagt hatten, doch ich hörte ihm zu, schaute ihn aufmerksam an und fühlte mich wohl, eingehüllt in seine Gegenwart und seine Worte. Als er fertig war, richtete er sich auf und sah mich an. Ich hatte den Eindruck, er wartete darauf, dass ich redete, also sagte ich, wie ich es in der Schule gelernt hatte, indem ich die Silben trennte und in meinem Kopf das Bild von diesem Satz erschien, den eine imaginäre Hand mitschrieb, während ich ihn formulierte: »Ich heiße Raj, und ich wohne in Beau-Bassin.«

David schaute mich an und sagte ebenso langsam: »Ich heiße David, und ich wohne hier. Früher habe ich in Prag gewohnt.«

Ich zweifelte keine Sekunde daran, dass Prag sich irgendwo hier befand, in diesem Land, ein wenig abgelegen, ein wenig vergessen, so wie Mapou. Ich weiß noch, dass in der Schule eine Karte von unserer Insel an der Wand gehangen hatte, doch Mapou war darauf nicht zu finden gewesen, und das sagte ich Mademoiselle Elsa. Sie zeigte mir Pamplemousses und noch eine andere Stadt, deren Namen ich vergessen habe, kreiste mit den Fingern um einen Punkt und erklärte mir, es liege ungefähr da. Dann lächelte sie mich an und sagte, es tue ihr leid, doch auf einer Landkarte seien nur wichtige Städte und große Marktplätze verzeichnet. An dem Nachmittag, als David mir erzählte, er habe früher in Prag gewohnt, dachte ich natürlich, es liege irgendwo da, vergessen zwischen zwei wichtigen Städten, ein einfaches Dorf, das zu unbedeutend war, um auf einer Landkarte zu erscheinen.

»Warum bist du im Gefängnis?«

»Ich weiß nicht. Und du?«

»Ich weiß nicht.«

»Bist du Jude?«

»Nein.«

»Ist deine Mutter hier?«

»Nein, sie ist zu Hause. Und deine Mutter?«

»Sie ist tot. Mein Vater ist auch tot. Hast du Geschwister?«

»Nein, ich bin ganz allein.«

»Ich auch.«

Ich glaube, so hat es sich abgespielt. Nach all den Jahren scharre und krame ich nun in meinem Gedächtnis, und man möge mir verzeihen, denn manchmal ist es schwieriger, als ich dachte. Möglicherweise sagte er die Dinge nicht in dieser Reihenfolge, wahrscheinlich rückt mein Kopf die Erinnerungen auch ein wenig zurecht, doch was ich unbestreitbar weiß, ist, dass wir sehr langsam sprachen, Stunde um Stunde im nachlassenden Licht des Nachmittags. Die Wörter der französischen Sprache waren uns beiden fremd, diese Sprache, die wir nun unseren Gedanken anpassen mussten, anstatt uns damit zu begnügen, sie wie in der Schule zu entschlüsseln und zu wiederholen. Wir zwei mühten uns gleichermaßen, um miteinander zu reden, langsam und geduldig, und vielleicht konnten wir uns ja gerade deshalb so schnell so wichtige Dinge sagen wie: Ich bin allein, ich auch.

An jenem Abend wünschte uns die Krankenschwester mit den blauen Augen ein frohes neues Jahr. Sie breitete die Arme aus und schlug mehrmals die Hände zusammen. Das ergab so etwas wie einen Applaus in Zeitlupe und wirkte höchst sonderbar. Niemand gab einen Mucks von sich. Ich hatte mich mit dem Gesicht zur Wand gedreht und dachte an meine Mutter, hoffte, dass sie zu Hause auf mich wartete, und sagte mir, dass ich nun neun Jahre alt war. Meine Mutter hatte mir erzählt, dass ich am ersten Januar ein Jahr älter sein würde. Bald schon würde ich so groß sein wie Anil. Ich dachte an die Kleidung, die wir in Mapou geschenkt bekommen hatten, diese Sachen, die uns so bedeutend gemacht hatten und in denen meine Brüder gestorben waren.

In der Nacht kam David und weckte mich. Ich dämmerte nur vor mich hin wie die meisten Patienten im Saal, und ich hatte erfahren, dass Krankheit keine lautlose Angelegenheit ist. Ich folgte ihm in der Finsternis, sein fahles Hemd diente mir als Anhaltspunkt, und das erinnerte mich an Anil und den Tag des sintflutartigen Regens, doch ich ging ihm weiter nach, behutsam, Schritt für Schritt. David brachte mich mit seinem Gang zum Lachen. Er wusste, dass er laut war, und versuchte, das zu ändern, doch umsonst. Er sah eigentlich aus wie der leichtfüßigste Junge der Welt, voller Anmut, und tatsächlich fing es zunächst gut an: Er hob ein Knie, zog es langsam, ganz langsam sehr hoch und stellte das Bein nach vorn, doch anstatt den Fuß leise auf den Boden zu setzen, ließ er ihn plötzlich fallen, als wäre er auf einmal müde geworden und könnte seine Bewegungen nicht mehr unter Kontrolle halten. Bei jedem »Tack!« erstarrte er, und ich stellte mir in der Dunkelheit vor, wie sein blondes Haar zitterte, doch niemand nahm Notiz von uns, nicht einmal die Nachtschwester, die uns, wenn sie nicht taub war, auf jeden Fall gehört haben musste. Ich glaube, seit David im Krankenhaus war, schlich er sich jede Nacht so hinaus, es war die einzige Möglichkeit für ihn, ein Kind zu sein, und die Kranken in diesem dreckigen, überfüllten Schlafsaal voller Klagen und

Seufzer hatten das allesamt begriffen und ließen ihn nach Belieben herumstreunen.

Meine Seiten taten mir immer noch weh, meine Nase war geschwollen, und meine Lippen mit einem empfindlichen Schorf bedeckt, der jeden Augenblick zu einem blutigen Rinnsal aufplatzen konnte. David hatte Fieberanfälle wegen der Malaria und verbrachte, mit Kochsalzlösung versorgt, die Hälfte der Zeit damit, sich auf der Latrine oder in seinem Bett zu entleeren, doch all das wurde nebensächlich angesichts der Aufregung, die wir an jenem Abend empfanden, als wir, wie richtige DIebe, ins Freie hinausschlüpften.

Das Krankenhaus lag im hinteren Teil des Gefängnisses, in nördlicher Richtung, auf einem Terrain, das ich von meinem Versteck aus nicht hatte einsehen können. Innerhalb des Gefängnisses gab es noch eine Mauer, die den Bereich der Männer von dem der Frauen trennte. Das Krankenhaus lag im Frauentrakt. David war es, der mir das alles erklärte, als wir abends zusammen spielten.

David brauchte kein Licht, wenn wir uns aus dem Krankenhaus schlichen, er kannte jeden Winkel in- und auswendig. Drei Nächte lang taten wir immer das Gleiche, wie alle Kinder auf der Welt führten wir eine Routine ein, ein Ritual. Wir warteten bis zum Ende des Abendessens, bis zum Zapfenstreich, bis zu den Klagen, die die Nacht bei den Kranken und Leidenden hervorrief, dann, endlich, kamen für uns die Stunden ohne Verstörtheit, ein Halbdunkel, auf das wir zählen konnten wie auf einen treuen Freund, der sich nicht entzieht. Ich folgte David, hörte ihm zu, vergaß für ein paar Stunden Mapou, meine

Mutter, meine Brüder, meinen Vater, und kein einziges Mal ängstigte mich die Unermesslichkeit der Nacht oder weckte sie den Wunsch in mir, ein Loch zu buddeln und mich einzugraben. Wir konnten uns einbilden, einen großen Spielplatz ganz für uns zu haben. Tagsüber war das nicht möglich, die Mauern waren schwarz, der Stacheldraht sprang uns ins Auge, in jeder Ecke ein Polizist mit einem Schlagstock, die Sonne wie ein Scheinwerfer, kein Versteck weit und breit, nichts, was man hätte spielen können. Ich hatte ohnehin nicht die Erlaubnis, den Krankensaal zu verlassen.

Unsere Spiele waren so etwas wie unsere Brudersprache: Auf unsere Schritte zu lauschen, sogleich vom Gras gedämpft, das die Innenmauer ankündigte; Davids Haar zu folgen und diesen blonden Lichtkreis nicht eine Sekunde aus den Augen zu lassen, all meine Kräfte nur darauf gerichtet, ihn nicht zu verlieren; den Wind aufkommen zu hören, der neben dem Frauentrakt links von uns die trockenen Eukalyptusblätter wedeln ließ; mit unseren Taschentüchern Insekten zu fangen, die um die Petroleumlampen schwirrten; zu lachen, wenn wir die Wache mit sehr hohen Hmm-Hmm-Hmms ein Lied summen hörten, fast vor Lachen zu platzen, ohne einen einzigen Laut von uns zu geben, und nur unsere Körper vor Vergnügen beben zu lassen, bis wir Bauchschmerzen davon bekamen. David zu lehren, ohne Lärm aufzutreten; die Arme eng an den Körper zu pressen, um leichter zwischen zwei Bäumen durchzuschlüpfen; auf einer gedachten Linie zu balancieren, ohne abzuweichen, dabei die Augen zu schließen und uns vorzustellen, wir wären auf einer Brücke über einem Fluss, der Hochwasser führt; und – zum ersten Mal – Flugzeug zu spielen.

David kletterte an mir hoch und legte sich waagerecht auf meine Arme, sein Körper steif, die Hände ausgestreckt, zum Abflug bereit. Er war ein Jahr älter als ich, doch dieses Mal war ich der Stärkere. Mit seiner Schwerelosigkeit auf den Armen, seinem Federfliegenleichtgewicht, drehte, drehte, drehte ich mich in der Nacht. Wir spürten den Wind, der uns ins Gesicht fuhr, während die Dunkelheit sich in einen schwarzen Wirbel verwandelte, und wir mussten all unsere Kraft aufbieten, um dieses seltene Glück in unserem Bauch zurückzuhalten und nicht vor Freude loszuschreien. Als wir wieder in unsere Betten schlüpften, war ich begeistert und stolz, nicht entdeckt worden zu sein, ich hatte Mühe, mein stark klopfendes Herz zu besänftigen, und sagte mir, dass wir in diesem Spiel wirklich gut waren. Natürlich konnten nur wir Kinder so leicht an unsere Freiheit glauben, weil es Nacht war und wir Mauer und Stacheldraht nicht sahen. Heute bin ich mir sicher, dass die Krankenschwestern, die Patienten, die Ärzte und selbst die Wachen wussten, dass David und ich nach Anbruch der Nacht draußen spielten. Doch diese Erwachsenen wussten auch, dass es keinen Fluchtweg gab und wir nicht weit kommen würden.

Tagsüber blieb ich im Bett und schlief viel. Ich träumte von meinen Brüdern, von meiner Mutter und auch von der Schule, und ich verhielt mich so unauffällig und still wie möglich. Ich wollte, dass man mich vergaß und dass die Nacht schnell hereinbrach, damit ich zu David konnte. Es war ein ständiges Kommen und Gehen, mit vielen Tränen, auch bei den Krankenschwestern. Manchmal gab es auch Wutausbrüche, die Kranken warfen die Tabletts gegen die Wand, spuckten und schrien ihren Hass, wie ich glaube, auf das Gefängnis und diese Insel heraus.

Alle Kranken redeten fortwährend von einem Schiff, das war ihre fixe Idee. Sobald morgens der Arzt kam, sobald ein Polizist seine Runde drehte, fragten sie unentwegt, wann das Schiff nach Eretz wieder ablegen würde. Ich begriff während meines Aufenthalts im Krankenhaus, dass diese Leute nicht von unserer Insel stammten, und das kam mir höchst eigenartig vor. Waren sie etwa deshalb eingesperrt?, fragte ich mich.

Eines Morgens spürte ich, noch bevor ich die Augen aufschlug, dass sich die Atmosphäre im Krankensaal verändert hatte. Für gewöhnlich war es früh immer sehr still, als fiele es den Kranken schwer aufzuwachen, als bräuchten sie erst eine Weile, um sich darauf zu besinnen, wo sie eigentlich waren, und als hätten sie in der Nacht von ihrem Land geträumt, von ihrem Eretz, und klammerten sich nun, bei Tagesanbruch, noch an ihren Traum, was dem Krankensaal genau diese sonderbare Atmosphäre der Zuversicht im Morgengrauen gab. Doch an jenem Tag spürte ich ein Beben, und als ich die Augen öffnete, saßen fast alle Patienten aufrecht in ihrem Bett, und überall tuschelte es. Als ich ihren Blicken begegnete, lächelten sie mich an, und einige von ihnen winkten mir sogar zu. Die Krankenschwestern standen zusammen und diskutierten gut gelaunt. Dann erschien ein Polizist und sagte laut und deutlich, allen Gerüchten zum Trotz gebe es heute Abend kein Schiff nach Haïfa, der Krieg sei noch nicht vorbei.

Diesen Satz habe ich nie vergessen. Für mich ergab er damals keinen Sinn, und dennoch spürte ich, dass das, was er bedeutete, schrecklich war. Niemand schrie, niemand protestierte, als wäre dies nicht das erste Mal, dass ihre Hoffnungen zunichte gemacht wurden. Die Kranken legten sich wieder hin, die Schwestern gingen hinaus, und der Saal war wieder trostlos und grau.

David hatte mir gesagt, dass seine Eltern tot waren. Um uns zu verständigen, redeten wir, wie Gehörlose, viel mit Händen und Füßen. Als er mir das erzählte, schloss er die Augen und ließ den Kopf abrupt zur Seite kippen, um zu verdeutlichen, dass sie tot waren. Sie fuhren nach Eretz. »Ist Eretz weit weg?«, fragte er mich. Ich hatte keine Ahnung, doch ich versprach ihm, meine Lehrerin zu fragen, die einfach alles wusste.

Ich erzählte ihm, ich sei auch weit gereist, bevor ich hierhergekommen sei, denn so sah ich die Dinge damals als Kind. Kilometer und Ozeane machten keinen Unterschied. David und ich hatten beide die Gegend, in der wir geboren waren, verlassen und waren mit unseren Eltern an einen merkwürdigen, rätselhaften und ein wenig beängstigenden Ort gekommen, um das Unglück hinter uns zu lassen.

Ich weiß nicht, ob ich mich dafür schämen muss, doch es ist nun einmal so: Ich wusste nichts von einem Weltkrieg, der schon vier Jahre dauerte, als David mich im Krankenhaus fragte, ob ich Jude sei, ich wusste nicht, was das bedeutete, und verneinte, weil ich den verschwommenen Eindruck hatte, Jude könnte so etwas wie eine Krankheit sein, schließlich war ich ja in einem Krankenhaus, nie hatte ich von Deutschland gehört, und eigentlich wusste ich ohnehin nicht viel. Ich hatte David gefunden, einen unverhofften Freund, ein Geschenk des Himmels, und zu Beginn des Jahres 1945 war das alles, was für mich zählte.

Um ihm zu sagen, dass meine Brüder tot waren, ahmte ich ihn nach, schloss die Augen und ließ meinen Kopf zur Seite kippen. Aber natürlich war meine Kehle wie zugeschnürt, und die Tränen stiegen in mir hoch, stiegen und stiegen. Wir saßen hinter dem Krankenhaus unter dem Vordach, fünf Schritte von uns entfernt war die Außenmauer. Ein dichter Nieselregen ging nieder, und es war meine letzte Nacht dort, doch das wusste ich noch nicht. David, das verbannte, deportierte, eingesperrte Waisenkind, das an Malaria und Ruhr litt, tröstete mich. Er lehnte seinen Kopf gegen meinen, und noch heute spüre ich auf der rechten Seite meines Gesichts seine weichen Locken. Bestimmt habe ich vieles von jenen Tagen im Krankenhaus vergessen, doch diese goldenen Locken und ihre seidige Berührung gehören mir bis in alle Ewigkeit.

An jenem Morgen weckte mich die Krankenschwester mit den blauen Augen. Sie raffte das Moskitonetz und band es zu einem großen Knoten. Ich wusste Bescheid, noch bevor sie ein Wort sagte oder mir mit einer Geste bedeutete, das Bett zu verlassen. Ich hatte keine Wahl und folgte ihr. David saß in seinem Bett und sah mich ohne eine Regung an. Ich winkte ihm zaghaft zu, doch er erwiderte meinen Gruß nicht. Das tat mir weh, denn es schien, als wäre ich ein Fremder für ihn, als schaute er durch mich hindurch, als hätte er mich schon vergessen. Ich ging langsam fort, mit gesenktem Kopf und schleppendem Schritt, das ganze

Gewicht meines Körpers lastete schwer auf meinen Füßen. Plötzlich hinter mir polternde Schritte. Ich drehte mich um. David bewegte sich wie eine Krabbe ein bisschen nach links, ein bisschen nach rechts, und bedeutete mir gestikulierend zu warten. Ich blieb stehen und lächelte, ich freute mich, hatte mich geirrt, natürlich kannte er mich noch, er war nur zu überrascht gewesen, hatte nicht gewusst, was er tun sollte, deshalb waren seine Augen so leer gewesen. Wie ein Blatt, das sich wendet, ging meine tiefe Niedergeschlagenheit unvermittelt in Freude über. Wie durch Zauberei straffte sich mein ganzer Körper, meine Füße waren nicht mehr wie Blei, und ich wollte zu ihm hinstürzen, um Flugzeug zu spielen, um zu hüpfen, zu springen, zu erzählen.

Doch dazu kam es nicht. Die Krankenschwester hob mich hoch und gab mich wie ein Paket in die behaarten, kräftigen Arme eines Polizisten. Ich hörte, wie David mich rief und etwas in seiner Sprache schrie, doch ich wehrte mich nicht, brüllte nicht, war dazu schlichtweg nicht in der Lage. Ein Felsbrocken schien auf mich herabzufallen und alles zu zerschmettern, meine Kehle, mein Herz, meinen Magen, meinen Bauch. Wir gingen aus einem Stück Sonne in den Schatten, und der Polizist übergab mich meinem Vater. Sie sagten Dinge, an die ich mich nicht erinnere. Mein Vater stellte mich auf den Boden und behielt seine Hand auf meinem Nacken. Sie war feucht und heiß. Von weitem mochte das wie eine zärtliche Geste ausgesehen haben, doch das war es nicht. Er führte mich am Gängelband, weiter nichts, jederzeit bereit, mich am Genick zu schütteln wie einen Hund. Einmal lachte er und hielt sich die Hand vor den Mund. Das tat er zu Hause nie.

Das Tor wurde geöffnet, mein Vater schubste mich hinaus, und im Bruchteil einer Sekunde landete ich in den Armen meiner Mutter. Sie presste mich den ganzen Weg lang eng an sich, und sie lief schnell, meine arme Mutter, um das Gefängnis möglichst rasch hinter sich zu lassen. Mein Kopf lehnte an ihrer Schulter, und hinter den Bäumen sah ich die Mauern verschwinden. Meine Mutter weinte und redete gleichzeitig. Das tat sie oft. Sie erzählte mir, was sie in meiner Abwesenheit alles getan hatte. Jeden Morgen hatte sie sich in der Hoffnung an das Gefängnistor gestellt, mich sehen zu dürfen, hatte Abend für Abend den wachhabenden Polizisten angefleht, mir den Krug Milch zu bringen, den sie gekauft hatte, doch er hatte sich nicht erweichen lassen. Sie war vor meinem Vater auf die Knie gefallen, damit er mich zurückbrachte, doch auch er hatte sich nicht erweichen lassen. Früher hätte mich die Liebe meiner Mutter sehr angerührt und überwältigt, doch während wir nun immer tiefer in den Wald hineingingen, hatte ich nur noch eines im Kopf: Ich musste David wiedersehen.

7

Meine Mutter war der festen Überzeugung, dass das Krankenhaus niemanden richtig heilen kann. Jeden Abend strich sie mir eine gelbe, ranzig schmeckende Paste auf meine noch empfindlichen Lippen und massierte mir mit einem dicken Öl sanft meine Seiten. Sie legte ihre flachen Hände auf die Stelle, wo meine Rippen begannen, so dass die Flügel eines Engels auf meinem Bauch zu liegen schienen, und schloss die Augen, und wenn ich stillhielt, spürte ich, wie das Blut in ihren Adern pulsierte. In ihren Händen wohnte eine geheimnisvolle Kraft. Sie wusste, wie man die richtigen Kräuter und Blätter fand, und konnte mit ihnen umgehen. Unter ihren Fingern fand jede Pflanze ihre Bestimmung: heilen, entfernen, lindern, manchmal auch töten. In Mapou hatte man sie oft um Rat gefragt, wenn es um einen Schmerz oder eine Verletzung ging, und sie hatte flüsternd den Namen einer Pflanze und einige Anwendungen verraten. Wenn es anschlug, fanden wir einige Tage später etwas Obst oder Gemüse, eine Handvoll Reis oder auch Zucker vor unserer Tür.

Mit mir sprach meine Mutter nie über Pflanzen, doch ich weiß, dass sie einen Teil ihres Wissens an meinen Sohn weitergegeben hat. Ich habe stets höchst amüsiert beobachtet, wie penibel er seinen Garten in Ordnung hält, er, der in einer Welt der Technik arbeitet. Zu Hause, in seiner Bibliothek, die vollgestopft mit Science-Fiction-Romanen und Computerliteratur ist, hat er ein ganzes Regal für Heilkräuter und Botanik reserviert. Wenn ich das Wochenende in seinem Haus verbringe, wo man den Fluss talwärts rauschen hört, merke ich, dass meine Mutter ein wenig in ihm weiterlebt. Ich sehe, wie er seine Weckgläser mit getrockneten Blättern öffnet und schließt, beobachte, wie er wer weiß was für Wurzeln, die er teuer eingekauft hat, abwiegt und mischt, und wenn er uns einen köstlichen Kräutertee kocht, den wir am Abend auf der Terrasse trinken, und ich ihm Komplimente für dieses Getränk mache, antwortet er nicht, das sei ein Rezept meiner Mutter, sondern sagt auf eine entwaffnende Art: »Das ist Großmutter.«

Dem Anschein nach hatte sich kaum etwas verändert, als ich zu Beginn des Jahres 1945 wieder nach Hause kam. Der Wald umgab uns, manchmal erschien er mir wie ein zu enger Gürtel, der meine Familie zu ersticken drohte, manchmal beschützte er mich wie eine Festungsmauer. Abends kam mein Vater nach Hause, und wir gingen ihm so oft wie nur möglich aus dem Weg. Dass er eines Tages wieder anfangen würde, meine Mutter und mich zu schlagen, stand außer Zweifel, es war nur eine Frage der Zeit.

Doch seit meiner Rückkehr aus dem Krankenhaus hatte ich keine Angst mehr oder, genauer gesagt, wusste ich nun, dass es noch andere Dinge auf der Welt gab als die Wutausbrüche meines Vaters. Seit unserer Ankunft in Beau-Bassin hatte sich ein großer Teil meines Lebens und meiner Kraft um diese Gewalt gedreht. Nun aber war sie nicht mehr das Wichtigste.

Nach der Schule lief ich los, ohne anzuhalten, bis die Luft, die ich durch den Mund einatmete, in meiner trockenen Kehle kratzte. Ich fand mein Versteck am Stacheldrahtzaun des Gefängnisses und wartete auf David. In den drei Wochen nach meiner Entlassung tauchte er kein einziges Mal auf. Andere Häftlinge ja. Immer zur selben Stunde, wenn die Sonne ihnen in die Augen schien und das Licht schräg einfiel, kurz bevor sie hinter dem Hügel verschwand, auf dem ich mich versteckte. Ich blieb bis zum zweiten Läuten dort, das die Gefangenen in ihre Unterkünfte zurückrief. Manchmal erkannte ich einen Patienten aus dem Krankenhaus, ich freute mich, und das naive Kind, das ich war, winkte ihm zu. Zwar wusste ich, dass er mich nicht sehen konnte, doch, wie soll ich sagen, ich tat einfach, was mir mein Herz befahl.

Ich war zu jung, um zu begreifen, was da vor meinen Augen geschah, doch die Mischung aus Besorgnis und Neugier, die mich zunächst dorthin verschlagen hatte, weil ich hoffte, GAUner, DIebe und HAlUnken zu sehen, war verschwunden. Nun, da ich wusste, was sich hinter den dunklen Alleen verbarg, da ich die Mauern kannte, die rings um sie her aufragten, da ich das Rascheln des Grases unter ihren Füßen und ihre Lieder am Abend gehört hatte, betrachtete ich sie mit einer großen Traurigkeit und wartete auf meinen Freund. Wenn David nicht zum Spaziergang herauskam, so deshalb, weil er noch im Krankenhaus war.

In diesen sich lang hinziehenden Wochen gab ich jedoch die Hoffnung nicht auf. Ich ging gewissenhaft und systematisch vor. Wenn ich vom Gefängnis nach Hause kam, war ich verschwitzt, und meine Sachen waren voller kleiner Zweige, Blätter und Schmutz. Meine Mutter erwartete mich, ohne ein Wort zu sagen, nie verlangte sie eine Erklärung für diese Eskapaden nach der Schule. Ich kam wohlbehalten nach Hause, war noch vor meinem Vater da, und nur das zählte für sie. Sie nahm meine Kleidung, hängte sie zum Lüften auf, schlug sie mit einer flachen Holzkelle aus, und am nächsten Morgen war sie fast wieder wie neu; damals trug ich eine Woche lang immer dieselben Sachen. Abends, nach dem Essen, saß ich draußen und spähte in die Natur, wie sie nach mir zu spähen schien. Nur sehr selten bemerken wir im entscheidenden Augenblick, dass wir uns verändern, wir erkennen es erst später, im Licht der Ereignisse und unserer Reaktionen, doch damals, als ich so reglos in der Nacht saß, spürte ich diese Veränderung durchaus, hatte ich das Gefühl, größer zu werden, zu wachsen wie die Bäume rings um mich her, und es kam mir so vor, als hätte der Hauch aus dem grünen, dunklen Wald etwas damit zu tun. Ich war noch immer schmächtig, meine Sachen schlackerten an mir, meine Mutter konnte noch immer ihre Hand um meine Wade schließen, doch in mir war nun diese neue Hoffnung, diese Aussicht auf ein weniger einsames Leben und dieses Band, das zwischen David und mir entstanden war.

Selbst wenn ich noch viele Wochen hätte warten müssen, um David wiederzusehen, hätte mir das keine Probleme bereitet. Ich war eines dieser Kinder, die schon früh lernen, dass nichts im Leben unkompliziert, schnell und mühelos zu haben ist. Wenn ich mich in meinen Verstecken verkroch und mir die Füße einschliefen, stand ich nicht auf und schüttelte mich. Ich blieb, wo ich war, reglos, und nur zu diesem Preis konnte ich alles ringsumher vergessen.

So beschränkte sich mein Leben viele Tage lang nur auf Folgendes: auf das Unterrichtsende zu warten, aus dem Klassenraum zu flitzen und weiterzulaufen, ohne nachzulassen, ohne hinzufallen. Die Steine, die Büsche, die Äste, die Erde und die Finsternis des Waldes waren nichts im Vergleich zu meinem Ziel. Manchmal, wenn ich vor dem Stacheldrahtzaun unter die Büsche schlüpfte, mit dem Körper flach auf den Blättern, wurde mir schwarz vor Augen, und mein Körper war plötzlich schwer. Doch darauf war ich vorbereitet. Ich hatte in ein Stück Papier gewickelt ein paar Teelöffel Kakao dabei, den ich während der Pause in der Schule stibitzt hatte. Außerdem hatte ich das Trockenobst aufgehoben, das wir nachmittags von der Schule bekamen. Damit besänftigte ich mein Zittern, und die schwarzen Pünktchen, die sich vor meinen Augen zusammenballten, zerstreuten sich wieder etwas. Ich harrte aus, bis der letzte Häftling verschwunden war, bis mein Vater seinen Posten am Tor verließ und in den Schatten des Mangobaums zurückkehrte, bis die Polizisten in das Haus mit den Bougainvilleen gingen und das Bild wieder reglos war, sauber und gepflegt. Dann ging ich nach Hause, ein wenig enttäuscht, nur ein wenig. Und mit der Leere, die mein kleines Leben eines Jungen ohne Geschwister beherrschte, ohne Spielzeug, ohne Lachen, ohne Unbekümmertheit, bekräftigte ich meinen festen Entschluss, David wiederzufinden, und wartete auf den nächsten Tag.

In dieser Zeit kam mein Vater manchmal mit großen Schritten auf uns zu und ließ seine Schläge und Fußtritte auf uns niedergehen, und alles, was ich zuvor erzählt habe, begann wieder von vorn, wie ein Theaterstück, das er vortrefflich zu spielen verstand. Seit meinem Krankenhausaufenthalt hatte mein Vater allerdings eine neue Waffe: einen Bambusstock, der zwar wehtat, Striemen verursachte und auf der Haut brannte, doch keine Rippen prellte, keine Arme und Nasen brach und keine Lippen aufplatzen ließ. Dieser neue Bambusstock, der dicker und grüner war als der alte, erinnerte mich an Mapou und an den Stock mit den Äderungen, den Knoten und dem sehr dünnen Ende, den er in unserer Hütte aus Kuhfladen und Stroh zurückgelassen hatte, und seltsamerweise beruhigte mich diese Erinnerung. Ich sehe mich jetzt noch einmal, wie ich zu dem Stock gehe, ihn in der Hand wiege, in das Rohr hineinschaue und enttäuscht bin, weil ich kein Licht am anderen Ende entdecke, ich stelle ihn an seinen Platz zurück, an die Wand, und Sehnsucht erfüllt mich. Vielleicht war mein Vater – dort in Mapou, als wir noch mehrere Kinder waren, als ich noch zwei Brüder hatte, die mich beschützten, und als mein Vater noch Freunde und seinen Stolz besaß –, vielleicht war er dort weniger schlimm gewesen … An den Tagen nach den Nächten, in denen er uns schlug, blieb ich zu Hause, unfähig, mich zu rühren, einen stechenden Schmerz in den Gliedern und die Schreie noch im Ohr. Meine Mutter verschwand im Wald und kam eine Stunde später mit Kräutern, Blättern und Wurzeln in den Händen zurück. An solchen Tagen gewannen mein Vater, seine Wut und seine Brutalität die Oberhand, wieder beherrschte er das gesamte Terrain, und meine ganze neue Kraft und meine prächtige Entschlossenheit lösten sich in Luft auf.

Einige Wochen waren vergangen. Wie schon erwähnt, zählte ich die Tage nicht, war ich nicht ungeduldig und hatte ich keinen Zeitpunkt festgelegt, von dem an ich nicht mehr zum Gefängnis gehen wollte. Es war sehr heiß an diesem Jahresanfang 1945. Das Gras rings um unser Haus war verdorrt und braun. Unser Brunnen trocknete zunehmend aus, und wir mussten den Eimer tief hinunterlassen, um noch Wasser zu schöpfen. Bereits früh am Morgen war die flirrende Hitze zu spüren. Nachts schwirrten die Insekten lange umher, wie wild geworden bei den hohen Temperaturen, und wenn man genau hinhörte, konnte man unter den Pfoten eines Nagetiers, einer Wildkatze oder eines streunenden Hundes das verbrannte Gras rascheln hören. Der Wald hatte ein wenig von seiner grünen Pracht und seiner Dichte eingebüßt, er schien sich von unserem Haus zu entfernen und lieferte uns immer mehr der unermesslichen Weite des Himmels und der unerbittlich brennenden Sonne aus.

An dem Tag, als ich David endlich wiedersah, wirkten die vormals feurigen, farbenfrohen Blumen, der üppig grüne Rasen, der Mangobaum mit seinem dichten Laub im Schatten, die gierig schnellen Bougainvilleen, wirkte all das wie von einem vernichtenden Blitz getroffen, und das Ergebnis war eine verkleinerte, geschrumpfte, erstarrte Welt. Auch mein Gebüsch hatte sich verändert, ich hatte auf trockene Äste zurückgreifen müssen, auf Reisig und welke Blätter, um mich zu tarnen. Es läutete, und wie jeden Tag begann mein Herz schneller zu schlagen. David erschien als Erster, und ich war wie vom Donner gerührt, war ich doch immer darauf eingestellt gewesen, ihn zu suchen, ihn erst irgendwie aufzustöbern. Die anderen kamen langsamer heraus, und die meisten von ihnen bewegten sich dann nicht mehr. David ging am Haus mit den Bougainvilleen entlang, stützte sich an der Holzwand ab und schaute in meine Richtung. Einen Meter neben ihm nahm ein Polizist immer wieder die Mütze ab, um sich mit einem Taschentuch über den Kopf zu wischen. Ich verließ mein Versteck und kroch, so dicht wie möglich am Boden, näher an den Stacheldrahtzaun. David schaute zu der Stelle, wo er gesessen und geweint hatte, von wo aus er mich entdeckt und mich mit diesem Lächeln angesehen hatte, bei dem er immer einen Mundwinkel ein wenig hochzog, ich hatte oft versucht, das nachzuahmen, allerdings nichts als eine schiefe Grimasse zustande gebracht. Schauen, kriechen, warten und beten. Ich betete darum, dass der Polizist ging, dass ich aufstehen, winken, meine Mappe, meine Stofftasche schwenken konnte, ihm zeigen konnte, ich bin hier, war immer hier, werde dich nicht in diesem Gefängnis lassen, mein Gott, nur ein paar Sekunden, mehr brauche ich nicht.

Doch der Polizist blieb dicht neben David, sie wechselten sogar ein paar Worte, und dann erklang das zweite Läuten. David löste sich von der Hauswand und ging in den Schatten, gefolgt von den anderen. Ich war erst neun Jahre alt, und die Geduld, die ich in diesen langen Wochen unter Beweis gestellt hatte, verflog schlagartig. Ich musste an mich halten, um die maßlose Enttäuschung, die ich empfand, nicht laut hinauszuschreien, schlug mit den Händen auf den Boden und klammerte mich mit einem Zorn an den Stacheldraht, den ich bislang nicht an mir gekannt hatte. Meine Augen standen voller Tränen, und das Gefängnis war nur noch ein verschwommenes Bild. Mit zusammengebissenen Zähnen ließ ich meine Handflächen von den Eisenspitzen durchbohren, der Schmerz mischte sich mit meiner Wut, ich rüttelte mit ganzer Kraft am Zaun, und plötzlich brach etwas mit einem leisen Knacken ab wie Unkraut. Ein Stück des Stacheldrahtzauns war aus dem Boden gerissen. Es schwang hin und her.

Ein Blitzschlag hätte mich nicht heftiger treffen können. Alles in mir erstarrte, mein blinder Zorn, die Wut in meinen Händen und Füßen, meine Tränen. Ich war zu einem trockenen Bambusstab geworden. Ich glitt in mein Versteck zurück. Voller Angst wartete ich ab, doch niemand kam. Ich stand auf und ging nach Hause. So, wie ich mich heute noch an Davids Locken erinnere, so erinnere ich mich auch an den Geruch nach Rost und Blut an meinen Händen. Auf dem Heimweg im Wald schnupperte ich an meinen Handflächen wie an einer Droge, und bei jedem Atemzug erfüllte mich ein Hauch von Frieden und Hoffnung.

8

Der Zyklon, der das Land noch am selben Abend heimsuchte, war mir von allem die größte Hilfe in dieser ganzen Geschichte. Als ich an jenem Nachmittag nach Hause kam, mit dem Geruch nach Rost und Blut an meinen Händen, war die Sonne eine runde, blassgelbe Scheibe hinter dicken, schwarzen Wolken, und hinter dieser Verhüllung konnten wir sie anschauen. Meine Mutter betrachtete den Himmel, wie sie früher die Haufenwolken über den Bergen von Mapou betrachtet hatte, die Hände in die Hüften gestemmt und die Luft prüfend durch die Nase einatmend. Ich ging zu ihr, und ohne den Kopf zu senken, streckte sie einen Arm nach mir aus und zog mich an sich. So blieben wir einen Augenblick lang stehen. Ich weiß noch, dass die Natur und meine Mutter auf der Lauer zu liegen schienen und dass ich, der kleine Raj, dass ich, ja, ich glaube, ich kann das sagen, mich wohlfühlte. In dem Moment, da mein Kopf sich an ihren Körper schmiegt und ich ihre Hand auf meiner Schulter spüre, während ich ihre Taille fest und fester umklammere, genau in dem Moment denke ich an David, denke ich an den herausgerissenen Stacheldraht. Die Wärme meiner Mutter überträgt sich auf meine Arme, und ich fühle mich wohl. Meine Mutter war der zärtlichste Teil unseres Lebens, in dem es sonst nur Armut, Trostlosigkeit und einen Bambusstock gab, der auf den Körper knallte. Sie liebte, beschützte, heilte mich, sprach sanft mit mir, war zärtlich, gab mir mit bloßen Fingern zu essen, wenn ich krank war, und ihre Geduld war wohl grenzenlos. Nie habe ich das so bei einem anderen Menschen erlebt, und gerade dieser Geduld, ihrer Art, alles bis zum Ende zu bringen, auch wenn es mühsam war und langsam ging, gerade dem, glaube ich, verdankte sie ihre besondere Gabe, mit Pflanzen umzugehen. Meine Mutter war das Glück meines Lebens, das mir zuteil wurde, damit ich nicht aus der Bahn geriet, nicht vom Weg abkam; eine Säule der Kraft, der Güte, der Beständigkeit und der Entsagung, um mir zu zeigen, dass es noch andere Dinge auf Erden gab, und mit ihr an der Seite wurde ich als Kind weder verrückt noch böswillig noch verzagt.

Wie ich trug auch meine Mutter ihr ganzes Leben lang den Tod von Anil und Vinod mit sich herum, und wie mir gelang es ihr nie, diese Trauer in Worte zu fassen. Man sagt, jemand ist Waise, Witwer oder Witwe, aber wenn man an einem einzigen Tag zwei Söhne verloren hat, an einem einzigen Tag zwei geliebte Brüder, was ist man dann? Welches Wort benennt, was man dann ist? Dieses Wort hätte uns geholfen, wir hätten genau gewusst, woran wir litten, wenn die unerklärlichen Tränen kamen und wenn, Jahre später, ein Duft, eine Farbe, ein Geschmack im Mund genügten, um uns wieder traurig werden zu lassen. Dieses Wort hätte uns beschreiben, uns entschuldigen können, und alle hätten verstanden.

Nach einem langen Moment der Reglosigkeit sagte

meine Mutter, die den Blick nicht vom Himmel wandte: »Morgen hast du keine Schule.«

Das war das Signal für den Wald, für die Wolken, für die Welt, die uns umgab. Wind kam auf und fuhr durch die Bäume, alles erbebte, und der Wald rings um uns her gab einen langen, kräftigen Klagelaut von sich. Tief hängende, schmale Wolken, die schwarz wie unselige Geister waren, zogen schnell über uns hinweg, während andere, die wie festgeklebt am Himmel standen, sich drohend immer mehr zusammenballten. Die Wipfel der Bäume tanzten vor dem Wolkenballett, ein Vogelschwarm flog kreischend in Sekundenschnelle auf, hinter uns zuckte ein Blitz, und ich begann, wie Anil es mir beigebracht hatte, zu zählen, um zu wissen, wie weit der Donner entfernt war. Eins, zwei, drei, vier ... Der Boden erzitterte, und als hätte ich einen Schlag auf den Kopf bekommen, sprang ich augenblicklich weit in der Zeit zurück, ohne dass ich sagen könnte, warum mir das geschah, und ich begann zu schreien. Vinod, Anil, Vinod, Anil!

Der Zyklon dauerte vier Tage und vier Nächte. Für uns war es neu, durch feste Mauern geschützt zu sein, das Wasser sickerte überall durch, doch das Haus stürzte nicht ein. Draußen krachte, zerbarst und widerstand der Wald, es klang, als umzingelte eine heulende Meute, ein rasendes Wesen unser Haus. Mein Vater saß durch das Unwetter im Gefängnis fest, und ich frage mich, ob er wusste, wie oft meine Mutter und ich in jenen Tagen geweint haben. Wir hatten keine Angst vor dem Gewitter, keine Angst vor dem Sturm, vor dem prasselnden Regen, vor den Ästen und Steinen, die auf unser Haus niedergingen. Wir weinten um meine Brüder. In dem Augenblick, als der Donner losbrach, hatten wir das Gefühl, eine unheilbringende riesige Hand nähme uns noch einmal Vinod und Anil weg, und das Haus in Beau-Bassin, der Wald, das Gefängnis, die neue Schule, die langen Monate seit jenem Tag in Mapou, all das hätte sich unversehens in Luft aufgelöst, unser Herz war wieder ungeschützt und unser Kummer gewaltig. In solchen Momenten braucht man ein Wort, um zu bezeichnen, was man für immer und ewig bleibt, wenn man einen Bruder oder einen Sohn verliert.

Am fünften Tag enthüllten uns ein klarer Himmel und ein Licht, das rings um den Wald hier und da in Wasserlachen aufschien, die verwüstete Landschaft. Die Lichtung war übersät mit Holz, Blättern, Ästen, toten Tieren und Schrott. Die Bäume am Waldrand, die am wenigsten geschützt gewesen waren, lagen entwurzelt oder umgeknickt am Boden, beklagenswert. Der Wald schien sich in einer unglaublichen Stille zusammengekrümmt zu haben …

Mein Vater hatte mehrere Stunden gebraucht, um unser Haus wiederzufinden, weil sämtliche Wege verschwunden waren, und ich muss zugeben, er wirkte erfreut, als er uns sah. Wir machten uns unverzüglich an die Arbeit. Am Ende des Tages verbrannten wir hinter dem Haus alles, was der Sturm herbeigeweht hatte und wir nicht gebrauchen konnten. In einer Ecke hatten wir Holzstücke, Äste, Stoff und Alteisen gestapelt, damals konnte fast alles von Nutzen sein. Am folgenden Tag holten wir die Schemel, den Schrank, die Schlafmatten und die Küchengeräte zum Trocknen ins Freie. In unserem Haus roch es stark nach Schimmel, so dass meine Mutter in jedem Winkel ein kleines Feuer mit Kampferholz und Eukalyptuszweigen entfachte. Im Sonnenlicht glänzten die kupfernen Schalen und Kochtöpfe meiner Mutter wie Schmuckstücke, ich konnte mich nicht sattsehen daran. An jenem Abend kam mein Vater nüchtern nach Hause, ohne Sauflieder, ohne Schimpfwörter, aber mit einer Tasche voller Essen. Wir hatten überhaupt keine Vorräte mehr. Er brachte Kartoffeln, Auberginen, Mangos und einen Türkenbundkürbis mit. Die Mangos waren matschig und ihre Schale schwarz. Auch in jeder Kartoffel hatte sich ein dunkler, fauliger Kern gebildet. Der Türkenbundkürbis war vom Wasser durchgeweicht, durchscheinend und voller grüner Schimmelflecken, und um den bitteren Geschmack der Auberginen abzuschwächen, briet meine Mutter sie mit der Lieblingszutat armer Leute: mit Pfeffer, denn der überdeckte den Geschmack jeder verdorbenen Speise. Unsere Zungen brannten, doch das war uns lieber als ein bitterer Geschmack im Mund.

Ein paar Tage später ging ich schließlich wieder in den Wald hinein. Es herrschte eine unheimliche Stille. Alle meine Verstecke, meine Lieblingsplätze, meine Schlupfwinkel, meine Geheimnisse waren verschwunden. Die Mangobäume, die Banyanbäume, die Eukalyptusbäume, die Höhlen, die Löcher, die Erdhöcker, die Ameisenhaufen, die Krümmung eines Baums, ein Weg, eine Quelle, die Wurzeln, auf denen ich immer saß, alles war durcheinandergeraten. Stämme trafen auf Wurzeln, Himmelsstücke erschienen dort, wo vor dem Sturm ein kühlender Schatten gewesen war. Manchmal war die Erde eingestürzt, als wäre sie ein Abbild von uns Menschen, die wir vor der

Gewalt eines Unglücks in die Knie gehen, und Tausende wimmelnde Würmer nährten sich in dem so entstandenen Krater nach der Katastrophe.

Mit Müh und Not erreichte ich das andere Ende des Waldes. Der Weg, der rings um die Festung von Beau-Bassin lief, war unter umgestürzten Bäumen und im Schlamm verschwunden. Ich wandte mich nach links und bahnte mir einen Weg bis hinauf auf die Anhöhe, bis dorthin, wo die Mauer aufhörte und der Stacheldrahtzaun begann. Auf dem Gefängnishof war Gebrüll zu hören.

Mein Vater und die Polizisten drängten sich dicht an das Eingangstor. Die Gefangenen auf dem Hof hatten sich zusammengeschart, und so vereint wirkten sie weniger blass, weniger schwach. Sie schrien und fuchtelten mit den Armen in der Luft, und je näher sie ans Tor kamen, umso fester pressten sich mein Vater und seine Gefährten dagegen. Auf der anderen Seite glänzte das schwarze Auto des Direktors in der Sonne. Der Mangobaum war entwurzelt und lag auf dem Haus mit den Bougainvilleen. Seine Wurzeln sahen aus wie eine gigantische Blüte, und ich konnte es nicht fassen, dass dieser schattenspendende Riese mit dem dichten Laub und den saftigen Früchten nun gefällt sein sollte. Der Baum hatte das Büro des Direktors zerstört. Der mit Trümmern übersäte Gefängnishof ähnelte jetzt der Lichtung, auf der unser Haus stand. Nichts war von dem üppig grünen Rasen übriggeblieben, nichts von den zarten, bunten Blumen. Nun endlich sah das Gefängnis von Beau-Bassin, in dem Juden eingesperrt waren, denen man die Einreise nach Palästina verwehrt hatte, so aus, wie es wirklich war: abscheulich.

Ich war so damit beschäftigt, die zerstörte Landschaft zu betrachten und den Aufruhr zu beobachten, dass ich David darüber fast vergaß. Ich vermutete ihn in dieser schreienden Gruppe, anders konnte es nicht sein. Die Tür des schwarzen Wagens öffnete sich, und der Direktor erschien, kerzengerade in seiner gestärkten Garderobe und mit Handschuhen. Er warf einen verächtlichen Blick auf die immer noch schreienden Häftlinge, dann spuckte er aus. Das überraschte mich bei einem Herrn wie ihm, es war ein dicker, ekelerregender Auswurf, für den er mit dem Kopf Schwung geholt hatte. Die Schreie wurden noch lauter, Fäuste wurden in der Luft geschüttelt, die Masse der Häftlinge bewegte sich weiter auf das Tor zu, ohne sich um die Schlagstöcke zu kümmern, die die Polizisten vor ihnen schwangen. Ich begann mir Sorgen darüber zu machen, was wohl als Nächstes passieren würde, als ich unversehens eine kalte Hand auf meiner Schulter spürte.

Noch heute erinnere ich mich, allerdings mit einem feinen Lächeln, an die plötzliche Angst, die mich wie ein Schlag traf, sodass mir ein Schrei entfuhr und ich aufsprang. Da ich zuvor angespannt dagehockt hatte, konnte ich nicht einfach loslaufen, obwohl alles in mir davonstrebte. Nein, zum ersten Mal in meinem Leben verhedderte ich mich mit den Füßen, und ich, der König des Blitzstarts, fiel hintenüber. Wie ich so auf dem Boden saß und mein Herz zu zerspringen drohte, sah ich hinter mir einen Jungen mit blonden Haaren. Und er schüttete sich aus vor Lachen, dieser verflixte David.

Wie nur kann ich David, wenn er so lachte, beschreiben? Er warf den Kopf zurück, bebte in den Schultern, schlug sich mit den Händen auf die Schenkel, riss den Mund auf, bog sich weit zurück, schloss die Augen und schluchzte, und nie zuvor hatte ich jemanden derart rückhaltlos, mit jeder Faser seines Körpers, lachen sehen. Ich knuffte ihn freundschaftlich, wobei ich ein wenig beleidigt tat, und schon waren wir zwei ganz normale, übermütige Lausejungen, die sich an jenem Nachmittag im Februar 1945 nicht um den Ernst der Lage scherten.

David hatte sich das Durcheinander nach dem Sturm zunutze gemacht. Ich kann mir gut vorstellen, dass die Häftlinge, die aus der Tschechoslowakei und aus Polen kamen und an eine vorhersehbare Natur und an einen langsamen Wechsel der Jahreszeiten gewöhnt waren, geglaubt hatten, das Ende der Welt stünde bevor. David beschrieb mir seine Flucht mit ausladenden Gesten. Er war zum Gittertor geschlichen und hatte mich gesucht. Kein Mensch hatte ihn bemerkt, die protestierende Gruppe hatte ihn vor den Blicken der Polizisten und meines Vaters geschützt. Er hatte mich gerufen, und ich weiß noch, wie sich mein Herz zusammenzog, als er mir das vormachte, indem er die Hände an den Mund legte: Raj, Raj, Raj, Raj, bist du da? Doch ihm schlugen nur Schweigen und die Verwüstungen des Zyklons entgegen. Ich lächelte, als er mir den aus dem Boden gerissenen Zaun zeigte, er war hocherfreut über diese Entdeckung gewesen und hatte genauso darüber gestaunt wie ich einige Tage zuvor.

Wenn ich heute die Augen schließe und ihn wieder vor mir sehe, wie er neben mir sitzt, mit dem Wirrwarr aus Ästen, Blättern und Schatten rings um uns her, und er mir von seinem Ausbruch erzählt, kann ich es kaum für möglich halten, dass dieser kleine, blonde, dünne Junge zehn Jahre alt gewesen sein soll. Ich war mehr als einen Kopf größer als er und konnte David tragen, er war noch schmächtiger als ich, und dabei war ich in meiner Klasse schon der Dünnste. Seine Beine waren weiß, nahezu durchsichtig, und seine Haut, pergamentartig wie die eines Greises, drohte bei jeder Bewegung zu zerreißen.

Damals hatte ich nicht die leiseste Vorstellung davon, wie viel Zeit er bereits im Gefängnis verbracht hatte. David hatte das Gefühl, schon sehr lange da zu sein, doch mir sagte das überhaupt nichts. Wir blieben in unserem feuchten Versteck und beobachteten die Aufregung auf dem Hof. David zappelte viel. Ich sagte mir, ich müsste ihm zeigen, wie man sich ruhig verhält, auf Bäume klettert, lautlos läuft, sich zwischen zwei Baumstämmen durchzwängt, sich tief in den Boden drückt, hinter eine Tür schlüpft, und allein schon der Gedanke an all diese Dinge, die nun vor uns lagen, an all die Tage, die mit David ausgefüllt sein würden, weckten eine so unbändige Freude in mir, dass ich mich zwingen musste, nicht aufzuspringen, ihn wegzuziehen und sofort mein neues Leben mit ihm zu beginnen.

Plötzlich hörten wir einen Motor und das Schlagen von Autotüren, und Dutzende Polizisten erschienen mit dem Knüppel in der Hand am schwarzen Wagen. Wie durch Zauberei öffnete sich das eiserne Gefängnistor, und was sich da in wenigen Minuten abspielte, war zu hässlich, als dass vier Kinderaugen es hätten mit ansehen sollen. Die Polizisten gingen auf die Häftlinge los. Mein Vater lag auf dem Boden, und während er mühsam auf den entwurzelten Mangobaum zukroch, stoben die überraschten Gefangenen auseinander. Einige von ihnen liefen, so schnell sie konnten, in alle möglichen Richtungen davon, zu ihren Schlafsälen oder auf uns zu, doch sie wurden sofort von den Wachen aufgegriffen, und wenn sie nicht unverzüglich gehorchten, wenn sie nicht an der Freitreppe des zertrümmerten Hauses niederknieten, wurden sie ohne viel Federlesens weggeschleift. Ihre Füße schrappten über den Boden, sie verloren ihre Schuhe, sie wehrten sich, doch es fehlte ihnen an Kraft. Wie gern hätte ich darauf verzichtet, das alles mit anzusehen. Die Polizisten brüllten herum, die Menschen schrien, weinten, und auch David begann rückhaltlos zu schluchzen, genauso wie er noch kurz zuvor aus Leibeskräften gelacht hatte. Ich legte ihm den Arm um die Schulter, weil ich nicht wusste, was ich sonst tun sollte, und das Unwetter schien zurückgekehrt zu sein, mit seinem Höllenlärm und seinem Verlangen, alles kurz und klein zu schlagen.

Plötzlich kam ein Junge auf uns zu, vielleicht fünfzehn oder sechzehn Jahre alt. Er hatte einen Vorsprung vor den beiden Männern, die ihn verfolgten, und stürzte auf den Stacheldraht zu. Ich erinnere mich noch an sein wütendes Gesicht, er schreckte vor nichts zurück, auch nicht vor dem Zaun, ich erinnere mich an seinen Körper, der mit einem Scheppern gegen das Gittertor prallte, an seinen Schrei, den er unterdrückte, und an die Befehle der Wachen unmittelbar hinter ihm. Alles geschah im Bruchteil einer Sekunde. David stürmte vor, und blitzschnell krampfte sich mein Arm um seine Schulter, ich warf mich auf ihn. Ich weiß nicht, ob der andere uns gesehen hatte, ich weiß nicht, ob er vorhatte, über den Stacheldraht zu klettern, ich weiß überhaupt nichts, ich erinnere mich nur an diesen Impuls, der mich überkam, an diesen Instinkt, der mich auch während des Unwetters an dem Tag, als meine Brüder starben, stundenlang hatte schreien und später Anils Stock hatte in den Fluss werfen lassen. Dieser andere Raj in mir warf sich auf David, hielt ihm den Mund zu und stellte ihn ruhig. Einen Meter von uns entfernt setzten die Polizisten den Jungen mit Stockschlägen in die Nieren außer Gefecht und zerrten ihn zu dem zertrümmerten Haus zurück. Ich sah David nicht an, nein, ich hätte seinen Blick nicht ertragen können, doch ich spürte seine ganze stoßende, kämpfende Kraft unter mir, und während ich ihn am Boden hielt, weinte ich, weinte und bat um Verzeihung. Wenn ich daran zurückdenke, versuche ich, so gut ich kann, mich zu beruhigen, sage mir, wenn ich nicht so gehandelt hätte, hätten die Wachen David entdeckt, hätten ihn zurückgebracht, hätten den Wald durchkämmt, hätten den Zaun verstärkt. Auch mich hätten sie entdeckt, und wer weiß, was mir bevorgestanden hätte, im Gefängnis und später in den Händen meines Vaters. Und wieder wäre ich allein gewesen.

Jetzt bin ich alt und kann es sagen, voller Scham, voller Kummer, mit tief gesenktem Kopf. Ich war neun Jahre alt, und ich habe getan, was ich getan habe: Ich habe David daran gehindert, einem seiner Gefährten zu helfen, einem Juden wie ihm, eingesperrt, weil man nicht wusste, was man mit diesen Menschen anfangen sollte, und hätte ich anders gehandelt, wäre David heute vielleicht noch am Leben.

9

Ich frage mich noch immer, warum er mir folgte. Als ich ihn losließ, zeichneten sich dort, wo meine Hand ihn geknebelt hatte, rote Flecken an seinem Mund ab. Ich bat ihn erneut um Verzeihung, erklärte ihm, dass ich nicht wollte, dass die Wachen ihn sähen, ich flehte wieder und wieder um Verzeihung, doch es nützte alles nichts. Ich konnte nicht mehr zurück, konnte nicht ungeschehen machen, was ich getan hatte.

Die Worte drängten sich in meiner Kehle zusammen und kamen wirr aus meinem Mund, wie in einem Traum, in dem man verzweifelt zu sprechen versucht, und ich wünschte mir, David möge meine Muttersprache verstehen, dann wären die Sätze leichter geflossen, dann hätte ich ihm das treffende Wort, das richtige Gefühl nennen können. So verstummte ich vor seinem starren, ungerührten Blick, seinem weißen Gesicht, seinem Mund mit den roten Striemen, rechnete damit, dass er auf mich losging, und duckte mich schon mit geballten Fäusten, um die Schläge abzuwehren. David wandte den Kopf und schaute lange zum Gefängnis. Stille Tränen liefen ihm so erbarmungslos über die Wangen, dass ich fürchtete, es könnte nie mehr aufhören. Zum ersten Mal seit ich ihn kannte, war er genauso reglos, wie ich es für gewöhnlich war, und ich glaube, es war der Kummer, der unsere Körper derart erstarren ließ.

Ich wusste nicht, was ich tun, was ich sagen sollte, alles in mir war in Aufruhr, meine Gefühle und meine Gedanken wirbelten in einer beispiellosen Erregtheit durcheinander. Ich dachte an meine Brüder und an unseren Fluss und an Mapou und dieses eine Mal nicht an ihren Tod, nein, ich dachte ganz einfach nur an sie, an ihre liebevolle Gegenwart. Ich weiß, dass der Mann, der ich geworden bin, ihnen viel zu verdanken hat, denn Anil und Vinod liebten mich auf die denkbar einfachste und selbstloseste Art, ohne dass unser tägliches Elend unsere Gefühle hätte vergiften und verändern können. Dazu braucht es viel Freundlichkeit und Kraft. Ich dachte an die Rauchwolke über dem wogenden, grünen Feld, an den süßlichen Duft, der zur Erntezeit von dem geschnittenen Zuckerrohr ausging, und daran, wie der Blütenstaub durch die Luft wehte. Ich dachte an mein Leben danach, an meine Mutter, an ihren Mut und an ihre gespreizten Hände vor meinem Vater und an ihn, ihn, ihn, immer wieder an ihn, der zerschlug, der zerbrach, der egal welches Werden verhinderte. Und an David und an die Schule und an das Gefängnis und an den Wald und an die Erwachsenen, die über den Asphalt geschleift werden, sodass ihre Haut aufreißt, und an den Jungen, der auf den stechenden Stacheldraht zustürzt, und dazu ich, so traurig, so schwach, ich, der sich auf David wirft, der ihn mit ungeahnten Kräften ruhig stellt, ich, der ihn knebelt, indem er ihm das Handgelenk zwischen die Zähne drückt, ich, der diesen Biss ohne mit der Wimper zu zucken aushält. Und an unser neues Leben in Beau-Bassin, das leichter zu sein schien als das alte, es aber nicht war, weil es nun in eine große Einsamkeit gebettet war, ohne meine Brüder, ohne die Nachbarn, ohne die Fabrik, ohne den Fluss und sein leicht süßes Wasser, ohne das Zuckerrohrfeld und den Schornstein, aus dem jene wunderbaren Wolken aufgestiegen waren.

Im Gestrüpp neben dem reglosen, wütenden David kam mir der abwegige, unerträgliche Gedanke, dass ich dort, in dem Elendsviertel von Mapou, womöglich glücklich gewesen war. Mein Herz schlug schneller, und ich fühlte mich so hilflos wie am Rande einer Ohnmacht. Etwas lag mir schwer im Magen, und mich überkam ein dunkles Gefühl, das ich damals nicht zu deuten wusste. Ich glaube, alles, was ich seit dem Tod meiner Brüder erlebt hatte, jeder Augenblick in dem Haus tief im Wald, meine Nachmittage vor dem Gefängnis, die verstärkte Brutalität meines Vaters, unser Leben zu dritt und die schreckliche Szene, die ich gerade mit angesehen hatte, ich glaube, all das hatte mich von meiner Kindheit entfernt, und obwohl sie wenig erfreulich gewesen war, klammerte ich mich weiter und weiter an sie. Dieses Gefühl einer anschwellenden und abflauenden Übelkeit war der Verlust meiner Kindheit und das Bewusstsein, dass mich nun nichts, gar nichts mehr vor der schrecklichen Welt der Erwachsenen schützte.

Ich wusste nicht, was zu tun war, doch ich konnte nicht dortbleiben. Ich stand also auf und sah David an. Die Tränen hatten zwei Furchen in sein mit Schmutz und Staub bedecktes Gesicht gezeichnet. Auch er stand auf, und so, ohne ein Wort, ohne ein Lächeln, ohne einen Blick, folgte er mir.

Er blieb hinter mir, und ich drehte mich in einem fort um, um mich zu vergewissern, dass er noch da war. Im Wald kam David dicht an mich heran, vermutlich aus Angst. Wir liefen über Äste und umgestürzte Baumstämme, und dieser Untergrund war nicht gerade stabil. Wir waren kaum ein paar Schritte gegangen, als David bereits auf nassen Ästen ausrutschte und der Länge nach hinschlug. Er sah mich kummervoll an, und als ich ihm aufhalf, sagte ich zu ihm: »Bleib bei mir, mach alles wie ich, dann wird uns nichts trennen. Versprochen.«

Es waren keine besonderen Worte, doch ich weiß noch, dass ich sie deutlich artikulierte, als ich sie sagte, so als wollte ich jedes von ihnen einzeln abwägen, so als begriff ich zum ersten Mal, wie man sie aussprach. Ich hatte sie mir nicht zurechtgelegt. Dieser schlichte Satz war mir wie selbstverständlich in den Sinn gekommen, denn den hätten meine Brüder auch zu mir gesagt, und auch ich hätte ihn zu ihnen gesagt, wenn sie auf mich angewiesen gewesen wären.

Die Spannung zwischen uns, unsere starren Gesichter, seine Wut, meine Scham, all das verging langsam in dem verwüsteten Wald. In den folgenden Tagen, die wir zusammen verbrachten, bis zum bitteren Ende, blieb ich bei ihm, beschützte ihn, so gut ich konnte, und es brauchte nicht viel, um mein Versprechen zu halten wie ein Mann, der zu seinem Wort steht.

Auf diesem ersten Weg durch den Wald hielt ich ihn oft bei der Hand. Ich zeigte ihm, wie man die Festigkeit eines Astes auf dem Boden prüft. Den Fuß daraufsetzen, am Ast wackeln, um sicherzugehen, dass er nicht wegrollt, sich vorsichtig daraufstellen, nicht lange daraufbleiben, ständig in Bewegung sein und vor allen Dingen so viel wie möglich mit den Hände arbeiten, um sich festzuhalten und das Gewicht des Körpers zu verlagern. Ich muss sagen, das war nicht so einfach. David rutschte aus, zog mich mit, und häufig fanden wir uns beide im Schlamm wieder. Dieser Wald war für ihn genauso neu wie für mich, doch ich versuchte, das Beste daraus zu machen, die Orientierung zu behalten und die Anhaltspunkte wiederzufinden, die ich mir auf dem Hinweg gemerkt hatte. Ich versuchte, mich zu erinnern, was Anil getan hatte, wenn wir in einer fremden Umgebung unterwegs waren und wir uns sicherheitshalber auf ihn verließen. Ich versuchte, mich an sein Gesicht zu erinnern, an sein beruhigendes Lächeln, an seine Haltung eines großen Bruders, um ihn nachzuahmen. Als wir schließlich unser Haus entdeckten, waren wir durchnässt, schmutzig und erschöpft.

Meine Mutter stand auf der Lichtung und hielt etwas in der Hand, was sie nicht aus den Augen ließ. Sie kam vorsichtig auf uns zu, wie wenn sie unsere Gegenwart geahnt hätte. Von Weitem sah es so aus, als trüge sie eine bis zum Rand gefüllte Schale mit frischer Kuhmilch und wollte keinen Tropfen davon verschütten, damals war frische Milch für unsere Familie ein Luxus. David versteckte sich hinter mir, und ich sagte ihm, dass das meine Mutter sei. So bewegten wir uns vorwärts, und meine Mutter rief, ohne den Blick von ihren Händen zu wenden: »Komm her Raj, sieh doch mal!« Ich trottete zu ihr, während ich nach einer Erklärung für Davids Anwesenheit suchte, denn ich wusste, dass ich ihr nichts von dem Gefängnis erzählen durfte. Ich hatte meine Mutter nie belogen, doch ich konnte ihr nicht sagen, dass David einer der Häftlinge aus der Strafanstalt von Beau-Bassin war. Denn für die anderen, für meinen Vater, für die Polizisten, für den Direktor, für die wenigen Einwohner von Beau-Bassin, die Bescheid wussten, war er ein gewöhnlicher Sträfling, den man rund um die Uhr hinter hohen Mauern gefangen hielt. Ein GAUner, ein DIeb, ein HAlUnke.

Ich war nur noch wenige Schritte von meiner Mutter entfernt. Natürlich war mir keine vernünftige Ausrede eingefallen. David schob sich ein wenig nach rechts und sagte, während sich sein Rücken straffte: »Guten Tag, Madame, ich heiße David, und ich komme aus Prag.«

Meine Mutter runzelte die Brauen, sah mich forschend an, um die Wahrheit zu ergründen, öffnete den Mund, und da entdeckte ich etwas Unglaubliches, ganz wie im Märchen. Meine Mutter hielt einen Rotlori in den Händen. Damals war dieser Papagei eine Seltenheit. So wie meine Mutter die Kraft hatte, Ratten, Schlangen und Skorpione mit Mixturen zu töten, deren Geheimnis sie nicht verriet, so besaß sie auch das Herz, Vögel aufzunehmen, sie in ihren Händen wiederaufzuwärmen und ihnen zu trinken zu geben, mit der Handfläche als Trinkschale, unempfindlich gegen die Schnabelhiebe, geduldig und liebevoll. Sie hatte den Papagei aufgelesen, und ich glaube, sie hatte ihn mit magischen Körnern gefüttert, die sie aus dem Nichts hervorzauberte.

Verblüfft über Davids Anwesenheit und seine Worte zuckte meine Mutter mit der Hand, und der Papagei flog weg. Wir hörten nur noch seinen Flügelschlag und waren fasziniert von der leuchtend roten Farbe, die sich gegen den blauen Himmel abhob. Doch wie bei einem Kind, das Laufen lernt, verließen ihn seine Kräfte wieder, er kam in einem Bogen herunter und setzte sich auf Davids Kopf. Man stelle sich vor, wie dieser majestätische Vogel mit seinen weichen, grellroten Federn und seinem aufgeplusterten Häubchen auf dem Kopf, mit seinen lebhaften, schwarzen Augen und einem Schwanz mit zwei oder drei langen Federn, die der Schleppe einer Königin glichen, wie also dieser Vogel sich auf Davids blonde Locken setzte, weil dessen Kopf von unseren dreien wohl der gemütlichste war.

David erstarrte, machte runde Augen, und alles, was er hervorstoßen konnte, war: »Oh, oh, oh, oh«, sodass meine Mutter laut auflachte. Ich erinnerte mich nicht mehr daran, wann sie das letzte Mal so gelacht hatte, auf jeden Fall war das, als meine Brüder noch gelebt hatten. Es schnürte mir die Kehle zu, ich lachte und weinte gleichzeitig, als ich den roten Vogel auf Davids blondem Kopf sah, dazu Davids fassungsloses Gesicht, das Lachen meiner Mutter und die Erkenntnis, dass meine Brüder um ein Haar auch ihr Lachen mit in den Tod genommen hätten.

Der Papagei flog erneut auf und zeichnete mit einem roten Streifen den Kreis in der Luft nach, den wir drei gebildet hatten, meine Mutter, David und ich. Es war herrlich und unwirklich, ihn so kreisen zu sehen, es schien, als wollte er uns zusammenschweißen, es schien, als segnete er uns, es schien, als nährte er sich von uns, bevor er verschwand, es schien ein Traum zu sein, den wir gemeinsam träumten, alle drei, zur selben Zeit. Wir standen wie angewurzelt da, denn keiner traute sich, den imaginären Kreis zu zerstören, und schauten dem Vogel nach, bis der blaue Himmel und der grüne Wald ihn verschluckten.

Meine Mutter seufzte, wie um wieder zu Atem zu kommen, und fragte mich: »Ist das ein Freund von dir?«

Ohne meine Antwort abzuwarten, sah sie David mit großem Wohlwollen an, als hätte er so etwas wie einen Ritus absolviert. Meine Mutter gehörte zu den Frauen, die an Zeichen glauben. Ein Rotlori nach einem Zyklon, ein schwacher Vogel, der wieder zu Kräften kommt und sich wie selbstverständlich auf den Kopf eines Jungen setzt, bevor er seine Kreise über drei Menschen zieht, das konnte sie nicht ignorieren, und ich bin mir sicher, dass dies eine Prophezeiung für sie war, eine göttliche Verheißung, ein Wink des Schicksals. Ohne weitere Fragen zu stellen, ohne den Schatten eines Argwohns in ihren Augen nahm sie einen kleinen, schmutzigen, müden Jungen in ihr Haus auf. Ich war damals erleichtert über ihre freundliche Reaktion, wie ein Kind, das einer Strafe entgeht, doch ich weiß sehr wohl, wie unglaublich die Situation war. Wir hatten keinen Umgang mit den Weißen in unserer Gegend, wir sahen sie fast nie, und in der Schule hatte ich keine Freunde. Vermutlich gab es da etwas anderes, was damals das Herz meiner Mutter leitete.

Kaum waren wir in unserem noch feuchten Haus mit seinem muffigen Geruch, bekam ich es jedoch mit der Angst zu tun. Der Nachmittag ging zur Neige, der zartrote Himmel kündigte eine sternenklare Nacht, aber auch die Rückkehr meines Vaters an. Wir aßen gekochten Reis und saßen dabei auf den Schemeln aus Mapou – so nannten wir sie, seit wir hier in Beau-Bassin wohnten. Meine Eltern hatten sie von einem alten Tischler aus dem Dorf neben dem Camp bekommen, der das Holz zurechtgeschnitten hatte und für den Anil im Gegenzug Wasser und Holz holen musste. Damals, als die anderen Bewohner des Camps ihre Mahlzeiten noch im Schneidersitz auf dem Boden einnahmen, schätzten wir uns glücklich, uns auf diese grob behauenen Schemel setzen zu können, auf denen wir uns manchmal Splitter am Hintern einrissen. Ich glaube, meine Mutter war nun genauso ängstlich wie ich, denn obwohl sie nicht wissen konnte oder wollte, woher David kam, wusste sie doch, dass mein Vater keinen Fremden im Haus haben wollte. Trotzdem lächelte sie mir jedes Mal mit heiterer Miene zu, wenn sich unsere Blicke trafen.

Wie schon erwähnt, war unser Haus in Beau-Bassin mit unserer Hütte in Mapou nicht zu vergleichen, gleichwohl war es ebenfalls ärmlich. Wir hatten eine Küche und ein Schlafzimmer, das war alles. Meine Mutter und ich schliefen im Zimmer auf unseren Matten, ich an der Wand und sie neben mir, mit dem Gesicht zur Küche. In diesem Zimmer stand ein Holzschrank, der unsere Garderobe, unsere Wechselsandalen und die Betttücher enthielt. Und hinten, in einem verborgenen Winkel, wie ihn nur schlecht gearbeitete Möbel haben, versteckte ich jeden Abend, bevor mein Vater nach Hause kam und sie kaputtmachen konnte, meine Schiefertafel, meine Kreide (weiß, rosa und blau), meinen Schwamm, das Heft mit den engen Linien, zwischen die ich meine Schrift und meine Rechenaufgaben klemmen konnte, den Bleistift, den Radiergummi und meinen Aluminiumbecher. Das Heft und den Radiergummi hatte Mademoiselle Elsa mir am Ende des Schuljahres geschenkt, um mir zu meinen Fortschritten zu gratulieren.

Wenn ich einmal tot bin und mein Sohn mein Haus leer räumt, wird er auf meinem Schrank einen kleinen Koffer voller Radiergummis finden, die ich im Laufe meines Lebens gesammelt habe. Ich konnte nicht anders, auf jeder Reise auf der Insel oder ins Ausland kaufte ich in den verschiedensten Größen und Farben Radiergummis. Mein Sohn wird das nicht verstehen, er wird es für die Marotte eines alten Mannes halten. Vielleicht sollte ich ihm erklären, dass das meine Art war, die zerstörende Kraft der Zeit zu überlisten, den Tod hinauszuschieben und die Illusion aufrechtzuerhalten, man könnte alles auslöschen, um dann besser wieder von vorn zu beginnen.

In der Küche waren Nägel in die Wand geschlagen, um die Kupfertöpfe, meine Schultasche und die Tasche meines Vaters aufzuhängen. Weitere Gerätschaften türmten sich auf einem niedrigen Holztisch, und unter dem einzigen Fenster des Raums befand sich die Feuerstelle, an der meine Mutter kochte.

Das Haus hatte zwei Türen, eine nach Norden, zum Gefängnis hin, die als Eingang diente, und eine zu dem kleinen Hof, den wir uns angelegt hatten und der nun vom Sturm verwüstet war. Gemüsebeete, ein Waschplatz, ein Blechschuppen für das Holz, Werkzeug, gespannte Wäscheleinen zwischen dem Haus und dem Schuppen, gleich daneben der Brunnen. Dahinter der Wald, immerfort der Wald. Mein Vater schlief für gewöhnlich in der Küche. An dem Tag, als David bei uns übernachtete, rückte meine Kindheit noch ein Stück weiter weg. Meine Mutter zog ihre Matte in die Küche, legte sie neben die meines Vaters, und als sie uns, David und mich, zu Bett brachte, ließ sie den Vorhang herunter, der die beiden Räume abteilte. Seit unserer Ankunft hier hatte meine Mutter stets bei mir geschlafen, und dieser Vorhang hatte uns von meinem Vater getrennt.

Über jene Nacht will ich nicht viele Worte verlieren. Ich hörte, wie mein Vater meine Mutter laut fragte, ob ich schon im Bett sei, dann hörte ich es flüstern und eine Stille, die mir noch unheimlicher war als der Zyklon. Natürlich war ich zu jung, um zu begreifen, was da vor sich ging, und trotzdem wusste ich irgendwie Bescheid. David schlief erschöpft, und ich nahm mir vor, bis zum Morgen kein Auge zuzutun, um auf alle Eventualitäten vorbereitet zu sein, doch das Kind, das ich war, fiel in einen tiefen Schlaf.

Der nächste Tag gehörte zu den unkomplizierten, wohltuenden Tagen, die uns das Leben manchmal schenkt, ohne dass wir irgendetwas verlangen, und ich bin mir sicher, dass sich David, wenn er noch am Leben wäre, mit der gleichen Rührung an diesen Tag erinnern würde wie ich. Meine Mutter hatte zum Frühstück Milchreis mit Zucker und Kardamom gekocht, und weil nur wenig Milch da war, hatte sie zum Eindicken einen Löffel Mehl untergerührt. Wir aßen voller Wohlbehagen, David bat um einen Nachschlag, meine Mutter kratzte den Topf aus, und David bedankte sich mit einem Kuss auf die Wange bei ihr. Ich sprang auf, um es ihm gleichzutun, so dass meine Mutter wie am Vortag laut auflachte. Nach dem Frühstück machten wir uns daran, den Gemüsegarten wiederherzurichten. Wir zogen neue Furchen, brachten die Stecklinge und Samen in den Boden, die meine Mutter aufgespart hatte, spielten mit weniger als nichts, mit Wasser, Erde, Stöcken, liefen mit meiner Mutter, die immer »Vorsicht, Vorsicht!« rief, um das Haus, bis wir außer Atem waren, und wir spielten Flugzeug. Als wären wir erst tags zuvor auseinandergegangen, nahmen wir unsere Spiele aus dem Gefängnis wieder auf. Keine Wache, kein Polizist passte auf uns auf, und wir konnten unsere Freude laut herausschreien.

Ich zeigte David meine Kostbarkeiten und war froh, dass mein neuer Freund sie zu schätzen wusste. Er fragte mich, ob er das Heft nehmen dürfe, und blätterte vorsichtig die Seiten durch, als wären sie ein Schriftstück aus dem alten Ägypten. Wir zogen in den Wald, und ich zeigte ihm, wie man auf Bäume klettert. David war wie geschaffen für einen edlen Beruf, Pianist oder Dichter, und nicht dafür, so zu sein wie ich, ein wildes Kind. Mein Körper schmiegte sich der Natur an, verschmolz mit den Bäumen, war mit ihnen vertraut, ich konnte in null Komma nichts auf einen Baum klettern. Bei David war das anders, und es war das erste Mal, dass ich so einem Jungen begegnete. Er betrachtete den Baum, ging um ihn herum und versuchte Stellen ausfindig zu machen, auf die er seine Füße setzen und sich mit der Hand festhalten konnte. Dieser Junge arbeitete mit dem Kopf.

An jenem Tag geschah es auch, dass er mir sein Medaillon zeigte und mir vom Davidstern erzählte, und ich, ein armseliger Idiot, ein armseliger Naivling, ein armseliges Bürschchen, das im Dreck geboren war, ich spielte den beleidigten Gernegroß. Na klar, sonst noch was? Vielleicht heißt ja der Wald auch »Rajs Wald«? Wie kann denn ein Stern seinen Namen tragen, könnte er mir das vielleicht mal erklären? Hält er mich für vollkommen bescheuert, oder was?

Mein Freund umklammerte seinen Stern und beteuerte, jener David sei ein König gewesen. Na und? Raj bedeutet auch so viel wie König!

Der Tag verging wie im Flug. David fand gelbe und rote Blumen, die unmittelbar nach dem Zyklon aus dem Boden gesprossen waren. Er pflückte einen Strauß, den er bei unserer Rückkehr meiner Mutter schenkte. Es war das erste Mal, dass ich sah, wie jemand so ein Geschenk machte, und ich sehe meine Mutter noch vor mir, mit diesem Strauß in der Hand, unschlüssig, was sie damit anfangen sollte, oder nicht gewillt, sich von ihm zu trennen. Ihre Wangen waren gerötet, und sie lächelte schüchtern. Obwohl ich erst neun Jahre alt war, obwohl ich kaum eine Erziehung genossen hatte und mit feinen Manieren wahrlich nicht vertraut war, überwältigte mich die Schönheit dieser Geste, die ich nie vergessen habe. Ich schenkte meiner Frau zu unserem ersten Rendezvous ebenfalls Blumen, und obwohl das heute langweilig und wenig originell wirkt, muss ich doch sagen, dass es damals etwas Besonderes war, und auch das junge Mädchen, das mich einige Monate später heiratete, hatte gerötete Wangen. Ich hatte sie in der Stadtbibliothek kennengelernt. Sie saß vor mir und lernte genau wie ich für die Lehrerprüfung, und das Erste, was mir auffiel, waren die Härchen, die kleine Kommas auf ihren zarten Nacken zeichneten. Sie trug ihr langes Haar damals zu einem Knoten hochgesteckt, und manchmal hatte ich den unwiderstehlichen Wunsch, sanft auf ihren Hals zu pusten. Am Tag vor der Prüfung sprach ich sie zum ersten Mal an und lud sie ein, am Hafen einen Milchshake mit mir zu trinken. Ich hatte das ohne allzu viel Hoffnung vorgeschlagen und war auf eine Ablehnung gefasst, doch sie sah mich unbefangen an und antwortete, falls sie die Prüfung bestehen sollte, warte sie am Tag nach der Verkündung der Ergebnisse um elf Uhr am Hafen auf mich. So war sie, meine Frau, sie tat stets eines nach dem anderen, mit großem Ernst, und ich glaube, an jenem Tag verliebte ich mich in sie. Als ich auf die Prüfungsergebnisse wartete, hoffte ich für mich, hoffte ich für sie, und in gewisser Weise hoffte ich auch für uns beide. Später pflückte ich einen Strauß Buschrosen, und am Hafen wartete das Mädchen auf mich.

Am zweiten Abend, als David und ich wie in der Nacht zuvor auf unseren Schlafmatten lagen, hörten wir meinen Vater schon von Weitem. Er wetterte gegen die ganze Welt und kam näher, immer näher. Er rief meine Mutter, bedrohte sie bereits, und auch mein Name erklang aus seinem betrunkenen Mund. Was nützte es da, dass Raj so viel wie König bedeutete, was nützte es, seinen Sohn so zu nennen? In solchen Momenten war Raj nichts weiter als ein verschreckter und bald schon unter Schlägen sich krümmender Junge.

Meine Mutter stürzte in unser Zimmer, sah von einem zum andern, als überlegte sie, welchen sie nehmen sollte, wickelte David blitzschnell in ein Betttuch und trug ihn auf dem Arm wie ein Baby. Sie lief zur Hintertür hinaus und setzte ihn an dem steinernen Waschtrog ab. Versteck dich, beweg dich nicht, bedeutete sie ihm ohne Worte, ohne einen Ton, da waren nur das Zittern ihres erwachsenen Körpers und der Finger auf ihren Lippen.

Ich habe vergessen, was ich in den wenigen Minuten tat, bevor mein Vater hereinkam, mit einem Ast in der Hand, den er unterwegs aufgehoben hatte, weil sein neuer Bambusstock während des Zyklons verloren gegangen war. Wahrscheinlich betete ich. Ich weiß auch nicht mehr, was David machte, im Dunkeln zusammengekauert, umgeben vom verwüsteten Wald und mit dem kalten Stein des Waschtrogs an seiner Seite, während hinter ihm unser Peiniger wütete.

Es mag sein, dass mein Gedächtnis mir einen Streich spielt, doch ich glaube, mein Vater hatte schon bald genug von uns und fiel rasch in einen vom Alkohol umnebelten Schlaf. Natürlich hatte ich die Hiebe mit dem Ast zu spüren bekommen, natürlich grub sich die Brutalität meines Vaters mit blauen und schwarzen Flecken in meine Haut wie Brandmale, die man Tieren aufdrückt, natürlich weinte ich bitterlich, doch ohne einen Ton, weil es ihn nur noch mehr reizte, wenn mir unglücklicherweise ein Schrei oder ein Seufzer entfuhr, und mit der Zeit hatten wir gelernt, unseren Mund zu versiegeln und nur die Tränen laufen zu lassen. Doch an jenem Abend war mir, als hätte ich weniger Schmerzen und weniger Angst als sonst, ich dachte ebenso an David wie an meine Mutter, und anders als sonst drehte ich mich nicht im Kreis wie ein verschreckter Hund, bevor ich mir in die Hosen machte, und das ganze grausame Schauspiel schien schneller vorbei zu sein als für gewöhnlich.

10

In der Nacht holte meine Mutter David herein, und wir legten uns alle drei in das Zimmer neben der Küche. David zitterte, und ich wusste nicht, ob vor Angst oder vor Kälte. Meine Mutter schob ihn ganz an die Wand, ich lag in der Mitte und sie außen. Wir schwiegen verängstigt und erschöpft. Sie gab uns einen heißen Kräutertee, der nach Zitronenkraut schmeckte, und David bedankte sich mit bebender Stimme immer wieder bei ihr, als meinte er nicht nur das Getränk, sondern noch etwas anderes. Ich glaube, ich schlief ein, kaum dass ich meinen Kopf auf die Decke gelegt hatte, und ich brauchte nicht lange, um zu begreifen, dass meine Mutter uns einen Schlaftrunk bereitet hatte, der uns einfach nur vergessen ließ.

Als ich die Augen aufschlug, war mein Vater schon weg, die Sonne zeichnete einen goldgelben Fleck in den Raum, und ich hörte David mit meiner Mutter reden. Ich ging hinaus und sah die beiden auf dem Boden kauern, wo sie Wurzeln, Blätter und Zweige, die meine Mutter im Morgengrauen gesammelt hatte, nach wer weiß welchem System sortierten. Meine Mutter sprach die Namen der Pflanzen langsam aus, und David wiederholte sie, während er so tat, als bemerkte er das zugeschwollene Auge meiner Mutter nicht. Als er mich sah, warf er sich in meine Arme, und seine Zärtlichkeit an diesem Morgen war ein wunderbares Geschenk. Mein Körper tat mir weh, und so bereitete mir meine Mutter ein Safranbad mit Fliederblättern und Wurzeln. Ich erinnere mich an dieses Bad wie an einen Balsam, mit dem man meinen ganzen Körper eingesalbt hatte. Wir wollten gerade grüne Mangos für das Mittagessen sammeln gehen, als plötzlich die Stimme meines Vaters vom Waldrand herüberklang. Meine Mutter stürzte zu David und stieß ihn in den Schuppen, den wir am Vortag wiederaufgebaut hatten. Sie raffte einen ungeordneten Haufen aus den Pflanzen zusammen, die sie gesammelt hatte, und drückte sie David gegen den Bauch, so dass er gar nicht anders konnte, als sie mit beiden Händen zu ergreifen, ganz als hätte er einen mit voller Wucht geschmetterten Ball aufgefangen. Ich wusste gar nicht, dass meine Mutter so flink sein konnte. Ich an ihrer Stelle hätte mich vermutlich wie ein gehetzter Hund im Kreis gedreht, ohne auch nur eine Entscheidung zu treffen, denn die Stimme meines Vaters um diese Tageszeit traf mich wie ein Schlag auf den Kopf. Meine Mutter zog mich zu den Gemüsebeeten und drückte mich in die Hocke hinunter. Sie nahm einen Zipfel ihres Sari, zog ihn über ihr Gesicht, um es halbseitig zu bedecken, und hielt das Stoffende mit den Zähnen fest. Dann machte sie sich hitzig an die Arbeit, und ich tat es ihr gleich. Mein Vater rief nach ihr. Sie bedeutete mir zu bleiben, wo ich war, und ging zum Haus. Ich warf einen Blick auf den Schuppen und die nur angelehnte Blechtür und dachte, dass es David übermenschliche Anstrengungen kosten musste, darin eingekeilt zu sitzen, während schon die kleinste Bewegung dazu führen konnte, dass der Stapel von Werkzeug, von Holz und von hier und da aufgelesenem, nutzlosem Gerümpel, das arme Leute wie wir notgedrungen anhäuften, plötzlich umstürzte.

Ich hörte, wie meine Mutter »dahinten« sagte, und tat so, als beackerte ich den Boden. Da fragte eine Stimme: »Bist du Raj?«

Es war einer der Polizisten aus dem Gefängnis. Er war in Blau gekleidet und trug seine Schirmmütze, und so aus der Nähe, in unserem Gemüsegarten, sah er aus wie ein Riese. Sein dicker Gummiknüppel glänzte. Er sah mich eindringlich an, und ich nickte.

»Komm her.«

Schlagartig saß mir die Angst im Nacken, natürlich war er wegen David da, sie hatten mein Versteck vor dem Stacheldrahtzaun entdeckt, sie wussten alles, doch kurz bevor ich zusammenbrechen konnte, wies er mit seinem dicken Finger auf meine Lippe: »Was hast du denn da?«

Meine Oberlippe war aufgeplatzt, und meine Mutter hatte sie mit einer gelben Paste bestrichen. Mein Vater antwortete für mich.

»Er ist hingefallen, Chef.«

Seine Stimme klang wieder so wie im Gefängnis, wie die einer Frau, hauchdünn und zaghaft. Der Polizist drehte sich brüsk zu meinem Vater um und schnauzte ihn an: »Hingefallen? So wie neulich? Wofür hältst du mich eigentlich, du Nachtwächter?«

Mein Vater schaute zu Boden, faltete die Hände vor dem Bauch und zitterte. Es ist natürlich nie angenehm, vor den

Augen seiner Familie eine Abfuhr zu erhalten, doch für meinen Vater war das ein Desaster! In diesem Augenblick wurde mir klar, dass er uns das schwer büßen lassen würde. Der Riese hockte sich hin, und selbst in dieser Haltung war er noch größer als ich und schrecklich beeindruckend. Ob er wohl eine Frau und einen Sohn hatte, die er mit seinen Riesenhänden und mit seinen Armen, die dicker waren als meine Oberschenkel, nachts in Angst und Schrecken versetzte?

»Also, mein Kleiner. Du warst vor einem Monat im Krankenhaus, erinnerst du dich?«

»Ja, Monsieur.«

»Du hattest dort einen Freund, stimmts? David, den kleinen David.«

»Ja, Monsieur.«

»Gut, gut, du bist ein braver Junge. He, Nachtwächter! Du hast wirklich einen netten, kleinen Jungen, weißt du das?«

»Ja, Chef.«

»Hmm. Sag mal, Raj, David hat dich nicht zufällig in den letzten Tagen besucht, wie?«

»Nein, Monsieur.«

»Bist du sicher? Bist du nicht vor zwei Tagen am Gefängnis herumspaziert?«

»Nein, Monsieur.«

Der Riese stand auf und ging ein paar Schritte um das Gemüsebeet herum.

»Ein anständiger Sturm war das, was? Wie ich sehe, wart ihr schon recht fleißig. Was baut ihr denn da an? Na, mein Kleiner, weißt du das?«

»Ja, Monsieur. Da sind zwei Reihen Tomaten, und gestern haben wir Kartoffeln und Zwiebeln gepflanzt. Für den Rest müssen Sie meine Mutter fragen.«

»Und Sie, Madame, haben Sie nichts gesehen?«

»Wir haben auch grüne Bohnen und Rüben, aber nicht viel.«

»Ich will wissen, ob Sie hier in den letzten Tagen einen kleinen Jungen gesehen haben.«

»Nein, Monsieur. Nach diesem Sturm haben wir die ganze Zeit nur aufgeräumt und neu gepflanzt.«

Ich sehe meine Mutter wieder vor mir, ein Stück ihres Sari verdeckt ihr geschwollenes Auge, und ich höre ihre feste Stimme. Diese stets schüchterne, stets verängstigte Frau log an diesem Tag mit einer Dreistigkeit, die ich ihr nicht zugetraut hätte. Doch mein Vater, der an jedem Tag seines Lebens seine Familie terrorisierte, der uns mit Fußtritten und Schlägen misshandelte, der unsere Körper mit seiner mächtigen Henkersstimme wegfegte, dieser Vater stand neben ihr, in sich zusammengesunken und den Blick auf seine Latschen geheftet. Woher nahm meine Mutter nur diese Kraft?

Der Polizist warf einen raschen Blick auf den Schuppen, und ich betete, dass David keinen Mucks von sich geben möge. In diesem Moment sah ich meine Mutter an, sie wandte ihren Kopf zu mir, und mein Vater ertappte uns. Sein Gesicht versteinerte, sein Blick wanderte langsam zum Schuppen, und ich war überzeugt davon, dass er durch die Blechplatten sehen konnte, so sehr weiteten sich seine Augen, weiteten sich, bis ich glaubte, sie würden aus den Höhlen fallen. Sein Atem ging schneller, sein Hemd hob und senkte sich rasch, auf seinem Gesicht standen Schweißperlen, und er ballte die Fäuste.

Er wusste Bescheid. Er würde uns das sehr schwer büßen lassen.

Der Polizist spähte angestrengt in den Wald und wandte sich wieder zu mir: »Hast du denn keine Angst hier, Raj?«

»Nein, Monsieur.«

»Das ist gut, das ist sehr gut. Du könntest später auch Polizist werden, wenn du keine Angst hast. Polizisten haben niemals Angst. Nicht wahr, Nachtwächter?«

Mein Vater stimmte zu, indem er in ein hohes Lachen ausbrach, das der Polizist mit einem harten Blick abschnitt. Diese Szene kam mir oft wieder in den Sinn, wenn mein Vater stockbetrunken und gewalttätig war. Wie sehr wünschte ich mir dann, auch in der Lage zu sein, sein Verhalten mit einem einzigen Blick abzustellen und ihn durch meine bloße Anwesenheit auf einen Hasenfuß zu reduzieren, der wie eine Frau lachte.

Der Polizist verabschiedete sich von meiner Mutter, indem er an seine Mütze tippte, und sagte dann mit klarer, lauter Stimme, ohne sich konkret an einen von uns zu wenden: »Dieser kleine Junge ist krank. Er muss zurück, um sich behandeln zu lassen.«

Als sie gegangen waren, warteten wir lange, bevor wir David befreiten. Er hielt die Pflanzen noch immer in der Hand, er war leichenblass. Meine Mutter zog ihn hoch, und er blieb kerzengerade stehen, sein Körper starr wie ein Baumstamm. Sie untersuchte ihn, wie sie es mit mir immer tat. Ich war darauf gefasst, dass sie mich ausfragte und mit mir schimpfte, doch nein, sie hockte sich vor David nieder und fragte ihn: »Wo bist du krank?«

Sie legte ihre Hände auf verschiedene Stellen seines Körpers, auf den Halsansatz, in die Mulde unter den Rippen, auf das Herz, auf die Leistenbeuge, auf das Handgelenk, auf seinen Kopf, und natürlich ging sie in die Küche, um wer weiß was für zerstampfte Blätter und Wurzeln zu mischen, die sie dann mit Wasser aufgoss. David schluckte diese dicke Mixtur und verzog das Gesicht. Ich musste unentwegt an das Gesicht meines Vaters denken, und in dem Moment, als David wie betäubt und mit steifen Gliedern dasaß, neben meiner Mutter, die ebenfalls auf dem Boden kauerte, und vor ihm die leere Schale mit dem grünen Rand, den der Aufguss hinterlassen hatte, genau in dem Moment fasste ich den Entschluss, mit David zu fliehen. Meine Mutter sagte kein Wort, sie wusste alles und nichts zugleich. Wir saßen in der Klemme, und das durch meine Schuld. Mein Vater würde am Abend heimkommen, das Haus und den Schuppen durchsuchen, David finden und ihn zurückbringen. Ich würde wieder allein sein, er würde mich schlagen, bis ich um Verzeihung bat, würde mich für alles büßen lassen, für den Tod meiner Brüder, für die Schande, vor uns als »Nachtwächter« bezeichnet worden zu sein, für die Demütigung, vor uns das Gesicht der leutseligen, unterwürfigen und bedeutungslosen Hilfskraft, die er im Gefängnis war, offenbart zu haben. Er würde mich für sein ganzes armseliges Leben büßen lassen.

Da sprach David und riss mich aus meiner Betäubung. Er sagte sanft und ruhig, dass er zurückgehen wolle, jetzt, sofort, denn dort im Gefängnis warteten sie auf die Abreise nach Eretz. Meine Mutter wiederholte mit hochgezogenen Brauen: »Eretz?« Nun machte David eine sehr merkwürdige Geste. Er steckte zwei Finger in den Boden, führte sie so mit Erde beschmutzt an seine Brust, dorthin, wo sein Herz schlug, und sagte: »Eretz.« Meine Mutter begann leise zu weinen, weil sie wohl verstanden hatte, dass er vom Gelobten Land sprach. Ich frage mich, ob die Juden von Beau-Bassin diese Geste immer dann vollführten, wenn die Hoffnung sie verließ, während sie auf Eretz warteten. Wenn meine Mutter genau gewusst hätte, worum es ging, ich meine den Krieg, die Vernichtung der Juden, die Pogrome, wenn sie all das gewusst hätte, wenn sie gebildet gewesen wäre, eine Frau von Welt, die Zeitung las und Radio hörte, wenn sie so eine Frau gewesen wäre, hätte sie David dann fortgehen lassen? Und wenn ich gewusst hätte, was David vier Jahre lang erduldet hatte, was hätte ich dann getan? Natürlich lebten meine Mutter und ich nicht in Europa, wir wussten nicht, was vor sich ging, doch das haben damals viele gesagt: Ich wusste nicht, was vor sich ging. Hätte meine Mutter sich nicht Fragen stellen müssen? Und die Rolle meines Vaters bei all dem? Er war nur ein kleiner Gefängniswärter, doch er war der Erste, der ans Gittertor sprang, wenn es läutete, er war der Eifrigste, wenn es darum ging, die Häftlinge zurück in ihre Unterkünfte zu treiben … Diese Fragen lassen mir einfach keine Ruhe, und ich weiß, dass ich niemals eine Antwort darauf finden werde.

Meine Mutter packte eine Tasche mit Reis, grünen Früchten, die noch reifen mussten, Wasser und einer Flasche mit einem grünen Gebräu. Sie nahm David das Versprechen ab, wenigstens dreimal am Tag davon zu trinken, weil das gut gegen Malaria sei. Woher wusste sie davon? Nur daher, dass sie ihm die Hand aufgelegt und ihm beim Essen zugesehen hatte?

Ich für mein Teil traf meine Vorbereitungen heimlich. Ich nahm meine Schultasche aus Stoff, packte drei Shorts hinein, drei Hemden, ein altes Laken, mein Heft, meinen Radiergummi, meinen Stift, ein Küchenmesser und ein Stück Seife von meinem Vater. Während meine Mutter mit unzähligen Gesten ihre Anweisungen gab und David mit einer Engelsgeduld zuhörte, ging ich hinaus und deponierte meine Tasche unter einem Baum am Waldrand.

Ich setzte mich in die Nähe der Gemüsebeete und sog den Wald tief in mich ein, seinen grünen, veränderten Duft, seine nach dem Sturm gerade erst wiedererwachte Kraft. Ich legte meinen Kopf in den Nacken, um meine Brust zu weiten, und hatte das Gefühl, auch den Himmel mit einzuatmen, seine blaue, wolkenlose Fläche. Ich streckte den Rücken durch und ließ meinen Blick auf der weich fließenden Fülle des Waldes ruhen. Ich erinnere mich an diesen Moment wie an einen bis dahin nie gekannten Augenblick höchster Konzentration, wie an eine Ausrichtung meines Geistes an nur einer Achse: der Flucht. Vielleicht bestimmte ich damals, wie ich es später in einem Buch gelesen habe, zum ersten Mal die Linie meines Schicksals.

Als meine Mutter und David aus dem Haus kamen, fühlte ich mich bereit, bereit, nicht vor meiner Mutter zu weinen, die ich zum ersten Mal verließ und die ich später nachholen würde – dessen war ich mir sicher, als wäre das nicht schwerer, als seine Schrift in ein Heft mit engen Linien zu zwängen –, ich war bereit, mit David zu dem Ziel aufzubrechen, das ich am besten kannte, das mir mit meinen neun Jahren am vertrautesten war, obwohl es mir so viel genommen hatte: das Camp von Mapou.

11

Ich haste mit großer Mühe vorwärts. Ich bin in einem Wald, und es ist so dunkel wie in einem geschlossenen Raum, in einem Bunker ohne Licht, einem Grab vielleicht. Doch ich laufe, komme voran, und ich weiß, dass ich in einem Wald bin, ich spüre den Geruch der Erde, die Herbheit verfaulender Blätter im Dunkel, den Saft, der seinen süßen Duft verströmt, den bitteren Geruch der Rinde. Meine Füße treten auf nichts, ich bin nur eine Nase, eine riesige Nase, die den ganzen Duft des Waldes einsaugt, und sie ist es auch, die mich leitet, ich stoße nicht gegen die Bäume, der Wald ist unermesslich groß, ich laufe, laufe, laufe, ich werde verfolgt, das weiß ich, doch ich weiß nicht, von wem, ich weiß einfach, ohne mich umzudrehen, dass es so ist, und plötzlich bin ich auf einem Baum versteckt, wie bin ich da nur so schnell hinaufgekommen, wer weiß das schon, doch ich bin dort oben, und dieser Baum ist so hoch, so riesig, dass ich mich vorbeugen muss, um den Boden zu erkennen, und da sehe ich sie endlich laufen, Dutzende, Hunderte, Tausende von Polizisten, sie ziehen schnell unter mir vorbei, aus dieser großen Höhe wirken sie winzig, doch ich erstarre trotzdem, ich will nicht, dass sie mich sehen, dass sie mich bemerken, dass sie mich hören. Sie laufen in rasender Eile vorbei, und trotz ihrer Uniformen, ihrer Schirmmützen, ihrer Schlagstöcke sehen sie wie Ameisen aus. Ich rühre mich nicht, bin geduldig – und bin gerettet.

Diesen Traum habe ich oft geträumt, und beim Erwachen wirkte das Gefühl des Triumphes noch einen Moment lang nach, die Düfte des Waldes hielten noch an, doch dann überkam mich wie ein schlechter Geschmack, der in der Kehle fortbesteht, wieder die bittere Trostlosigkeit nach der Illusion.

Ich erinnere mich nicht daran, David von meinem Plan erzählt zu haben, als wir in den Wald zurückkehrten, und ich glaube – ein naiver Gedanke, ich weiß –, dass er mir folgte, ohne dass ich ihm irgendetwas erklären musste. Vermutlich ist das nicht die Wahrheit, doch es ist das, was mein Gedächtnis mir sagt, es ist das, was nach sechzig Jahren geblieben ist, und vielleicht soll es mich davon überzeugen, dass ich ihn nicht gezwungen habe mitzukommen. Vielleicht ist das meine einzige Entschuldigung.

Ich war voller Hoffnung, ich wollte einen Bruder, zwei Brüder, eine Familie wie früher, Spiele wie früher, ich wollte beschützt werden wie früher, wollte diese Schatten wiederhaben, die man aus den Augenwinkeln sieht und die einem sagen, dass man nicht allein ist. Ich kämpfte verzweifelt gegen alles an, was mich von meiner Kindheit entfernte, gegen Tod, Kummer, Trennung, und David war die Antwort auf alles.

Mein Plan war, zunächst in die Schule zu gehen und mir eine Landkarte zu besorgen, die, auf der Mademoiselle Elsa mir Mapou gezeigt hatte, indem sie mit den Fingern vage um eine Stelle gekreist war. Der Unterricht hatte nach dem Zyklon noch nicht wieder begonnen. Als wir auf den Hof kamen, glaubte ich, mich verlaufen zu haben. Die beiden Gebäude aus Blech und Holz waren zu einem schwarzen Sammelsurium zusammengefallen wie ein umgepustetes Kartenhaus. Stühle und Tische waren zertrümmert, der Rasen, auf dem sonst die Kinder spielten, war nun ein schmutziger, brauner Teppich. In einer Ecke des Hofes hatte sich ein Tümpel gebildet, der mit Moskitos übersät war und sich in gleichmäßigen Kreisen kräuselte. Die eiserne Fahnenstange stand noch senkrecht, und an ihr flatterte zerfetzt die englische Fahne, vor der wir jeden Morgen *God save the King* gesungen hatten. Manchmal, zu besonderen Anlässen, hatten wir auch *Rule Britannia* angestimmt, ohne ein einziges Wort davon zu verstehen.

Es ist schon eigenartig mit dem Gedächtnis. Sobald ich eine englische Fahne sehe, selbst wenn es im Fernsehen ist, setzt sich in meinem Kopf unwillkürlich diese Hymne in Gang. Mein Kopf spult die Worte wieder ab, was mir ziemlich auf die Nerven geht, am liebsten würde ich die Kassette dort oben, in meinem alten Schädel, abschalten, aber so ist das nun mal, sechzig Jahre, ein unabhängiges Land, eine neue Fahne, eine neue Hymne, doch ich bleibe im Grunde ein Pawlow'scher Hund.

Ich erinnere mich, dass wir die bunten Streifen anstarrten, die geräuschvoll gegen das Eisen schlugen, während rings um uns her die beeindruckende Stille meiner zerstörten Schule herrschte. Plötzlich hörten wir Stimmen, und aus unerfindlichen Gründen nahmen wir sofort Reißaus. Ertappte Diebe hätten es nicht besser gekonnt. David war vor mir, seine Füße dröhnten auf dem Boden, und ich folgte seinem wippenden, blonden Haar. Ich staunte über seine Kraft, er lief davon wie ein Wiesel, mit schiefem Körper, dabei mit den Armen rudernd wie beim Schwimmen, und ich hinter ihm her, auf meinen affenflinken Beinen. Ich versuchte vergebens, ihn einzuholen, und bald zerteilte auch ich die Luft mit meinen Armen und schleuderte meine Beine in alle Richtungen. Von Weitem müssen wir wie zwei Clowns ausgesehen haben, die sich gegenseitig verfolgen. Als er sich umdrehte, ohne seinen wilden Lauf zu unterbrechen, und mich wie sich gestikulieren sah, überkam uns beide ein unbändiges Lachen. Wir tauchten in Richtung Dorf tief in den Wald ein und ließen unser Lachen zwischen den dichten Bäumen explodieren, bis uns der Bauch wehtat. Nichts an unserer Lage war lustig, absolut nichts. Wir waren zwei vollkommen ahnungslose Ausreißer auf einer vom Sturm verwüsteten Insel, zwei arme Kinder, die durch ein Wunder, einen Zufall oder was auch immer miteinander verbunden waren. Ich glaubte, ihn vor dem Gefängnis bewahren zu können, ihn behüten zu können, wie man einen geliebten Bruder behütet. Ich glaubte, den Kummer meiner Mutter ein wenig vertreiben zu können, indem ich ihr einen neuen Sohn brachte, ich dachte, so etwas sei möglich, wenn man wirklich liebte, ich war so einfältig zu glauben, dass uns Gott, wenn er uns die Menschen, die wir liebten, ohne Grund wegnahm, als Ausgleich dafür etwas anderes schenken würde. Und dieses andere war natürlich David. Trotz all der Dinge, die wir erlebt hatten, besaßen wir noch genügend Unschuld und Naivität – und liegt nicht gerade darin der Zauber und auch die Tragödie der Kindheit? –, um über ein Nichts lachen zu können.

Irgendwann später in meinem Leben stieß ich auf den Namen des Zyklons, doch heute erinnere ich mich nicht mehr an ihn, etwas wie Cindy oder Célia, auf jeden Fall ein Frauenname. Ich fand ihn durch Zufall in einer Zeitung von 1945 in einem der Archive, die ich gern und regelmäßig aufsuche. Das ist auch so eine Marotte von mir: in alten Dokumenten stöbern. Als ich meinen Sohn einmal auf einer seiner Geschäftsreisen nach Europa begleitete, machte ich die Runde durch die Archive, anstatt mir die Städte anzusehen. Vor Aufregung brach mir vorher der kalte Schweiß aus, doch sowohl das Archiv der Marine in Vincennes als auch die des Foreign Office in London und in Amsterdam enttäuschten mich. Und zwar deshalb, weil ich alter Trottel an die Unordnung, an das Kuddelmuddel und an das Durcheinander gewöhnt bin, das in den Archiven meines Heimatlandes herrscht. Denn dort ist nichts unter Verschluss. Wenn Sie das erste Mal kommen, bittet man Sie um einige Auskünfte, doch dann lässt man Sie in Ruhe, man kümmert sich nicht mehr um Sie. Sie schlendern durch die Gänge, wo es nach altem Papier, Tinte und Rost riecht, klettern so hoch sie können und ziehen die Akten, für die Sie sich interessieren, aus einem Stapel hervor. Wenn Sie nicht aufpassen, können Sie sogar eingeschlossen werden. Einmal habe ich in einer Ecke eine ganze Mäusefamilie entdeckt. Ich lief schnurstracks zum Wachmann am Eingang, um ihm Bescheid zu sagen, doch der antwortete mit schleppender, amüsierter Stimme, ohne den Blick von seiner Zeitung zu heben: »Mäuse? Was Sie nicht sagen, M'sieur. Wo denn?«

Es ist wahr, ich stimme allen zu, die seit einigen Jahren Alarm schlagen und sagen, die Vergangenheit unseres Landes gehe durch derart inkompetente Leute in den Archiven verschütt. Doch als ich in die Büros in Weiß und Creme und Beige kam, wo ich ein Formular ausfüllen musste, um exakt zu vermerken, wonach ich überhaupt suchte – was ich nie vorher weiß, es gefällt mir, einfach herumzustöbern, zu entdecken, zu forschen – und warum genau ich danach suchte, war ich angesichts dieser Frage wie vor den Kopf geschlagen. Als ich dann doch irgendwann alle Fragen beantwortet hatte und eine Maschine mit einem automatischen Arm mein Formular aufgenommen und Gott weiß wo abgelegt hatte – jedenfalls an einem Ort, wo es keine Mäusefamilie gibt, so viel ist sicher –, da sehnte ich mich nach den Archiven in meiner Heimat zurück. Ich konnte diesen riesigen Arm durch ein Schaufenster sehen und hatte das Gefühl, im Zoo zu sein und ein Tier zu betrachten, das für den Menschen gefährlich ist. Als ich mich dann mit der Akte und den sorgsam fotokopierten, sorgsam gehüteten Papieren, die keinen Geruch und überhaupt rein gar nichts an sich hatten, hinsetzte, verging mir die Lust. Ich weiß, ich bin ein alter, dummer Mann, doch wahrscheinlich beruhigen mich die vollkommen altersschwachen Archive meines Landes, und je älter ich werde, umso lieber besuche ich sie! Dort hatte ich auch den Bericht über den Zyklon gelesen, der in der Zeitung als »verheerend« beschrieben worden war, und konnte so das Datum unserer Flucht zurückverfolgen: Es war der 5. Februar 1945.

Da uns nichts weiter übrig blieb, als unseren Weg ohne Landkarte fortzusetzen, beschloss ich, dass wir zum Dorf zurückgingen und von dort aus nach Norden weiterzogen. Ich hatte ein vages Bild von der Karte im Kopf, mit hier und da verstreuten roten Punkten, von denen manche durch Straßen (in Braun) miteinander verbunden waren. Ringsumher Berge (in Schwarz), Flüsse (in Weiß), Waldstücke und Zuckerrohrfelder (in Grün) und Seen (in Hellblau). Mademoiselle Elsa hatte mit ihrem Bambuslineal auf die Karte getippt und gesagt: »Da ist unser Dorf.« Und ich glaubte ihr. Beau-Bassin lag südlich von Mapou, jedenfalls so ungefähr, also mussten wir nach Norden. Die schwindelerregende Höhe der Berge, das grausame Brodeln der Flüsse, die Undurchdringlichkeit des gefahrvollen Waldes und das Labyrinth der Zuckerrohrfelder, die Tiefe der Seen und die Windungen der Straßen, all das war auf der Karte allerdings nicht verzeichnet. Mein Zuhause war eine Fläche ohne Erhebungen, bunt und leicht zugänglich, kindgerecht. David und ich mussten nur einer braunen Straße folgen, und mit etwas Glück würden wir in einen Zug oder hinten auf einen Karren steigen können. In Mapou würde ich keine Angst haben, und selbst wenn ich beim Anblick unseres Camps, des kleinen Waldes und unseres rieselnden Flüsschens mit dem leicht süßen Wasser traurig werden sollte, hätte ich David und bald auch meine Mutter an meiner Seite. Wenn ich an die Hoffnungen denke, die ich mir damals machte, frage ich mich wirklich, ob ich nicht bloß ein dummes Kind war. Ich schritt selbstsicher voran, sprang, hüpfte, hängte mich an Äste, segelte mit Schwung durch die Luft und spornte David an, der eine ganz eigene Sprungtechnik hatte, so als wäre er schon als Weltmeister im Weitsprung zur Welt gekommen. Zunächst lachte er, so dass ich mitlachen musste, dann nahm er Anlauf, natürlich denkbar ungeschickt, und während alles darauf hindeutete, dass er gleich jämmerlich stürzen würde, sprang er plötzlich mit dem linken Fuß ab und flog mit den Beinen rudernd durch die Luft, die Arme über dem Kopf, glücklich, überglücklich, um einige Meter weiter zu landen, wo ich mich zuvor vergewissert hatte, dass dort nur Moos und weicher Boden waren. Auf jeder Lichtung, die wir passierten, zeigte er mir seine Glanznummer, und jedes Mal, wenn er durch die Luft flog, wandte er den Kopf zu mir, was mich an meinen großen Bruder Anil erinnerte, der sich im kleinen Wald von Mapou immer zu Vinod und mir umgedreht hatte, wenn wir den Fluss hörten. Es lag die gleiche Zärtlichkeit auf seinem Gesicht, das gleiche Wohlwollen und die gleiche Art zu fragen: Bist du froh? Macht dir das Spaß?

Hatte ich damals im Wald vergessen, warum wir dort waren, David und ich? Hatte ich den Polizisten vergessen, seinen glänzenden Gummiknüppel und seine Stimme, als er nach David gefragt hatte? Hatte ich das schweißnasse Gesicht meines Vaters vergessen, seine wutentbrannten Augen, mit denen er meine Mutter und mich angesehen hatte? Brauchte es nur ein paar Spiele, diese Illusion von Freiheit, wie kleine Jungen sie haben – lauthals schreien und lachen, überall herumtollen und klettern –, brauchte es nur das, um zu vergessen, was ich ihm versprochen hatte, und um mich zu verlaufen? Denn unversehens hörte der Wald auf, sein dichter, grüner Schutz riss ab, und wir fanden uns vor einem makellosen, festgefahrenen Weg wieder, der nach dem Zyklon nicht in die Landschaft zu passen schien. Ich erinnere mich noch genau, dass dieser Weg tiefer lag, und in Fortsetzung unserer tollen Flucht hüpften wir im Schlusssprung von der Böschung hinunter, froh, stolz und stark. Dieser schreckliche Weg war so glatt, wie man sich die Wege ins Paradies vorstellt, doch er führte schnurstracks zu einem mit Vorhängeschlössern und Ketten verschlossenen Gittertor, über dem ein Schild prangte, das offenbar ebenso wie der Weg vom Sturm verschont geblieben war und uns mit dicken, deutlichen Buchstaben entgegenschrie: *Welcome to the State Prison of Beau-Bassin.*

David stieß einen Schrei aus – die Zerstörung des Glücks, die Zerstörung eines Traums –, drehte sich um, warf sich gegen die Böschung, um sie zu erklimmen, wobei er sich an Wurzeln und Äste klammerte, und mit einem Schlag war alles verschwunden, unsere Freude, unser Elan, unsere Kraft und unser Stolz, und unter seinen Füßen bröckelte in großen Klumpen die Erde weg.

Was dann geschah, zerstörte endgültig die zarte Unschuld, die uns vom Beginn unserer Flucht an umgeben hatte. Ich konnte den Weg nicht mehr finden und hatte das Gefühl, dass die bis dahin verschlafene, wohlwollende und freundliche Natur nun erwachte und in Abwehrhaltung ging. Die Bäume schlossen sich eng zusammen, der Boden entzog sich unseren Füßen, die entwurzelten Stämme versperrten uns den Weg, wir gerieten in feuchte, faulige, lichtlose Waldstücke, ließen uns von falschen Pfaden locken und landeten in Sackgassen, bedroht von krummen Bäumen, in deren Gewirr aus Ästen und Blättern wir die Fratzen von Ungeheuern und Teufeln erblickten. Am ganzen Körper zitternd und mit klopfendem Herzen blieben wir immer wieder stehen, um auf die Geräusche zu lauschen, die wir zu hören glaubten. Wir rutschten aus, stolperten, wurden von Brombeerranken attackiert, unsere Taschen, die wir zuvor bequem über Schulter und Brust getragen hatten, schnitten uns nun ins Fleisch, verfingen sich in den Sträuchern und rissen uns unvermutet nach hinten. Dreimal erwachte eine wilde Hoffnung in uns, wenn wir dicht vor uns eine Lichtung entdeckten, und dreimal sprang uns, glatt und makellos, der schreckliche Weg zum Gefängnis in die Augen. Und jedes Mal dieselbe Wahrheit: Wir waren GAUner, und wir gehörten nun dorthin.

Als wir durch wer weiß welches Wunder endlich unseren Weg wiederfanden und ich den großen, weiß bemalten Stein entdeckte, der den Eingang zum Dorf markierte, waren wir nur noch zwei verängstigte, zitternde Tiere. Ich merkte, dass wir kein Stück vorangekommen waren, der Tag ging zur Neige, und wir hatten einen ganzen Nachmittag für einen Weg gebraucht, den ich mit einem Kleiderbündel beladen in einer halben Stunde zurückgelegt hatte!

Erstmals kam mir die Idee, einfach nach Hause zurückzukehren. Was mich dort erwartete, schien mir nicht halb so schlimm zu sein wie das, was ich gerade erlebt hatte, und ich glaube, David erging es in Bezug auf das Gefängnis ebenso. Damit, dass ich damals so grässliche, beschämende Gedanken wälzte und mehrfach das Bedürfnis hatte, David wieder zurückzubringen, muss ich heute leben, und niemand soll sich da ein falsches Bild machen: Ich wollte David nicht aus dem Gefängnis holen, weil er darin unglücklich war, nein, ich wollte ihn herausholen, weil ich unglücklich war. Nur wenige Stunden im Wald hatten genügt, um meinen Edelmut in Kleinmut zu verwandeln.

Unmittelbar nach der Kurve hinter dem weißen Stein würde das weiße Haus mit den roten Dahlien von Madame Ghislaine auftauchen. Ich legte David meinen Arm um die Schulter und spürte dieses Zittern eines verwundeten Tieres, das ihn schüttelte, und seine Knochen, die wie meine hervorstachen – wie hatte ich je mit dem Gedanken spielen können, ihn zurückzubringen? Ich wollte ihm helfen, sich zu bücken, damit wir an der Bambushecke der Schneiderin vorbeihuschen konnten, doch dort, wo diese Frau, die mehr als alles auf der Welt Gottes Sohn Jesus Christus geliebt hatte, mir manchmal die Spatzennester mit den braungefleckten Eiern gezeigt hatte und dabei die Geduld und die Bewunderung eines Menschen erkennen ließ, der das Werk von Gottes Sohn Jesus Christus höchstpersönlich präsentierte, dort war kein Haus mehr, keine Dahlien, kein Bambus. Die Hecke war von einem Riesenfuß zertreten worden, und von Madame Ghislaines Haus standen nur noch drei Holzwände. Das Dach war weggeflogen, und weg waren auch das Vordach mit den Verzierungen und die Pfosten der Veranda, auf der sie manchmal auf mich gewartet hatte. Auf dem Hof ein umgestürztes Metallbett, hier und dort verstreute Kleidungsstücke, ein, zwei Kochtöpfe und überall zersplittertes Holz. Als ich um das zertrümmerte Haus herumging, entdeckte ich die schwarze Nähmaschine, kaputt auf dem Boden. Das ganze Dorf bot das gleiche Bild der Zerstörung, und ich musste an unser winziges, quadratisches Häuschen tief im Wald denken, das dem Sturm getrotzt hatte. Die Hecken, die die Häuser der Dorfbewohner vor neugierigen Blicken geschützt hatten, die Bäume, die manchmal so schwer mit Früchten beladen waren, dass man meinen konnte, sie neigten sich absichtlich tief herab, damit man sie von ihrer Last befreite, die Blumen, die Gemüsegärten, der Schatten, in dem man sich ausruhen konnte, und der Platz zum Trocknen der Wäsche, all das war verschwunden. Wie schon auf dem Schulhof lag auch hier eine tiefe, entsetzliche Stille über der Verwüstung. Da war niemand, der seinem Haus, seinem Hab und Gut nachtrauerte, da war nichts als der weite Himmel, und ich dachte an das, was mein Vater berichtet hatte, als er vom Gefängnis nach Hause gekommen war, an die verschollenen Menschen, deren Namen man im Radio verlas.

Wir fanden ein windgeschütztes Plätzchen, teilten uns Brot und Obst, und David trank pflichtbewusst seine grüne Mixtur. Ich dachte an meine Mutter, musste die Zähne zusammenbeißen und meine angezogenen Knie fest vor der Brust umschließen, damit ich nicht einfach zu ihr lief. Die Nacht umfing uns, und ich verlor meine Sicherheit und meine Zuversicht. Die Schwierigkeit meiner Aufgabe türmte sich hoch vor mir auf. Zweifel, Ängste und auch die Sehnsucht nach meiner Mutter bedrückten mich und wurden nur durch mein Versprechen und durch Davids Gegenwart im Zaum gehalten – durch die unbeschreibliche Mischung aus Zärtlichkeit, Einfalt und Pflichtgefühl, denn ja, irgendwie spürte ich, dass ich ihm gegenüber in der Pflicht war, denn ich hatte ihn schließlich daran gehindert, seinen Gefährten zu retten, hatte ihn mit zu mir geschleppt. Und was hätten wohl meine Brüder jetzt und hier gesagt, wenn sie mich so schlaff erlebt hätten?

Warum erzählte ich in jener Nacht von Mapou? Um mir wieder Mut zu machen? Um den Wunsch zu kompensieren, bei meiner Familie zu sein? Um David die schlimmen Augenblicke im Wald vergessen zu lassen, um ihm Sonne und einen blauen Himmel zu versprechen? Ich füllte die schwarze Nacht mit Wörtern, mit einer Geschichte, und die einzige Geschichte, die ich wirklich kannte, war die von Mapou.

Ich erinnere mich noch, dass Davids Beine mit verschorften Schrammen bedeckt waren und er sie flach auf dem Boden ausgestreckt hatte, ohne noch die Kraft zu haben, sie an die Brust zu ziehen. Mit großer Mühe schleppten wir das, was von dem Messingbett übrig war, in unsere Ecke, um geschützt zu sein. Ich erinnere mich noch an die Nähmaschine, die dort umgestürzt und kaputt am Boden lag. Ich erinnere mich noch daran, wie dieser stets gepflegte Hof früher ausgesehen hatte, und an die leuchtenden Dahlien, von denen nur noch ein Dreckhaufen übrig war. Und an diese Stille, die anders war als die im Wald. Im Wald, wo die Natur auf der Lauer liegt, bereit zum Sprung, herrscht eine nahezu tierische Stille, eine dichte Stille, durchbrochen von einem Knacken, von einem Rascheln, von Anwesenheiten. Doch hier war die Stille leer, es gab nur den Wind, der über leblose Dinge strich.

Am Anfang erzählte ich von all dem Schönen in Mapou – vom Zuckerrohr, das wir um die Wette knabberten und lutschten, vom Fluss, von den Hochzeiten, die nach Einbruch der Nacht gefeiert wurden, wenn alle Leute Lampen am Boden entzündeten, was dem Camp ein festliches Aussehen verlieh, und von den Spielen mit meinen Brüdern, doch schon bald war da dieser Knoten, der fester und fester wird und mir die Kehle zuschnürt, und ich sage nichts Fröhliches mehr, nichts Schönes, ich denke nur noch an das Unwetter, an den Regen, an den Donner und an den Fluss, der zu einem reißenden Strom anschwillt. Erzählte ich ihm von der Angst in meinem Bauch, von dem weißen Hemd meines großen Bruders und von seiner Stimme, die schreit: Los weg, los weg, los weg, und von dieser Angst, die plötzlich ausbricht, als das Hemd verschwindet, als seine Stimme verstummt, als der Regen stärker wird, als der Donner weitergrollt, und erzählte ich ihm, wie mein kleiner Bruder und ich Anils Namen schrien, den Namen unseres großen Bruders – dieses wunderbaren Bruders, der einen Stock liebte, dessen Ende wie ein U aussah, dieses Bruders, der Flugzeug mit mir spielte, wir hatten in unserem Leben nur selten ein Flugzeug über unseren Kopf hinwegfliegen sehen, dann kamen immer alle aus den Hütten gelaufen, und wir Kinder hüpften und riefen: FLUG-ZEUG, FLUG-ZEUG, als könnten wir die fliegenden Maschinen mit unseren Hüpfern erreichen, und deshalb spielten wir so gern Flugzeug –, und erzählte ich ihm, wie ich plötzlich keine Brüder mehr hatte und wie es nur noch mich gab, keinen großen Bruder mehr, keinen kleinen Bruder mehr, uns drei nicht mehr, kurzum, gar keine Brüder mehr, nur noch mich, den mittleren, den schwächsten, der schreit: Anil, Vinod, Anil, Vinod, und erzählte ich ihm von Vinods Leichnam, von dem Stock, den ich ins Wasser warf, konnte ich all das erzählen, von Anfang bis Ende, ohne etwas auszulassen, ohne etwas zu vergessen?

Dazu Davids tränennasse Augen und seine Fragen, David verstand nicht, brachte alles durcheinander, sagte: Nur ein Leichnam, zwei Brüder, warum nur den Stock und nicht ihn, nicht deinen Bruder, warum hat man nicht ihn gefunden, *vielleicht lebt dein großer Bruder noch*, hatte David das wirklich gesagt?, er, der alles verloren hatte und der gesehen hatte, was er verlor, er hatte die starren Körper gesehen, die sich nicht mehr bewegten, hatte diese Bilder im Kopf, wusste, was der Tod ist, war seit vier Jahren in enger Berührung mit ihm, mein Bruder dagegen, mein großer Bruder, von dem ich nur seinen Stock gefunden hatte, aber der Stock war nicht er, nicht wahr, und ganz bestimmt lebt dein Bruder noch, hatte David diese Worte wirklich gesagt?, und ganz bestimmt lebt dein Bruder noch, diese Worte, die mir das Herz öffneten und den Kopf, sodass ich das Gefühl hatte, die Sonne käme wieder herein, und ganz bestimmt lebt dein Bruder noch, und ganz bestimmt lebt dein Bruder noch, diese Worte, die mich aufwühlten, Worte, die mich zum Weinen brachten, denn nun glaubte ich sie, ich hatte den Plan Gottes durchschaut, der, wie meine Mutter es mir wieder und wieder gesagt hatte, Dinge tut, die uns ungerecht und unverständlich erscheinen, die jedoch einen Zweck haben, und diesen Zweck hatte ich verstanden, alles stand mir klar vor Augen, Gott hatte mir David geschickt und das Gefängnis und den Polizisten und den Zyklon, damit ich nach Mapou zurückkehrte, weil dort mein Bruder auf mich wartete, wir waren ja so schnell fortgegangen, wie hätte er wissen sollen, dass wir nun hier waren, und das alles hatte endlich einen Sinn, warte nur, wenn meine Mutter das hört, Anil noch am Leben, mein großer Bruder, der den Kopf meiner Mutter festgehalten hatte, als sie fiel, und der bereitwillig für mich Prügel bezogen hatte, und ganz bestimmt lebt dein Bruder noch, diese Worte machten mich traurig und euphorisch zugleich, denn es gehört nicht viel dazu, zu glauben, dass die Toten wiederauferstehen, dafür muss man kein Kind sein, es genügt schon, sehr unglücklich zu sein, und in diesem Augenblick, in dieser schwarzen, undurchdringlichen Nacht inmitten der Trümmer des Hauses von Madame Ghislaine, als der Wind heulte und ich mich kurz zuvor noch vor diesem toten Dorf, vor diesem Geisterdorf gefürchtet hatte, kehrte mein Mut zurück, Entschlossenheit durchpulste mich, die Vorfreude auf ein Wiedersehen mit Anil klang mir in den Ohren, und ich schloss David fest in die Arme, ich hüpfte und schrie und David ebenso, er sprang mit seinen Weitsprungweltmeisterbeinen herum, mit seinen vom Wald zerschrammten Beinen, und stimmte in seiner Muttersprache ein fröhliches Lied an, zu dem er mit den Händen klatschte, und ich weiß noch, dass ich nie im Takt war, ich war zu langsam, und meine Hände klatschten noch, als er mit dem Refrain schon fertig war, doch David nahm mir das nicht übel, er schloss die Augen, und dieses Lied, diese Melodie, dieses Gebet in einer Sprache, von der ich nur Zischlaute in Erinnerung habe und Wörter, die auf *shem* endeten, schien von weit her zu kommen, und wie er so die Augen schloss, wurde er jemand anders, ein Junge aus der Ferne, ein Junge, der sich an das erinnerte, was er einmal gewesen war, und ich frage mich, ob er wusste, während er mich bei den Händen hielt und wir uns fröhlich im Kreis drehten, warum ich plötzlich so glücklich, ungeduldig, tatkräftig war, warum ich an diesem Abend auf einmal beschwingt aus meiner Niedergeschlagenheit auffuhr und am liebsten mit ihm auf den Schultern bis nach Mapou gerannt wäre, was hat David wohl gedacht, ich glaube, er begnügte sich damit, einfach nur da zu sein und mich zu erfreuen, mir zu folgen, zu tun, was ich tat, nicht, um mich zu imitieren, sondern um von mir zu lernen, obwohl Gott weiß, dass ich nichts zu geben hatte, es ist traurig, mit neun Jahren nichts zu bieten zu haben, und David sah mich mit seinen großen Augen an, die vom Grünen ins Graue spielten und mir in mein zerbrechliches, verrücktes Glück folgten, mit diesen Augen, die so viel von mir erwarteten, was habe ich getan, mein Gott, was habe ich mit dieser Hoffnung getan, was habe ich getan?

12

Ich dachte immer, ich könnte im hohen Alter einmal mit Nachsicht auf mein Leben zurückblicken, denn ich weiß, dass Bedauern nichts nützt, dass man sehr viel Glück braucht, um seine Träume verwirklichen zu können, dass die beste Art zu leben die ist, in jedem Augenblick alles zu tun, was man kann, und dass es so vieles gibt, was ohne unser Zutun geschieht, während wir gleichwohl die ganze Zeit wie verrückt herumlaufen und glauben, wir könnten die Dinge ändern, egal, was es auch sei. Doch wenn ich mich an jene Tage im Sommer 1945 erinnere, wenn ich von David erzähle, wird mir das Herz schwer, alles dreht sich mir im Kopf, und ich empfinde ein so tiefes Bedauern, dass ich den Tränen nahe bin.

Wie sehr hätte ich David das Glück gewünscht, so heranzuwachsen und alt zu werden wie ich. Wie gern hätte ich gehört, dass er seine Geschichte mit eigenen Worten und aus seiner Sicht erzählt. Er hätte etwas gesagt wie: *Auf der anderen Seite des Stacheldrahts entdeckte ich einen dunkelhäutigen Jungen mit schwarzen Haaren. Er weinte genau wie ich, Blätter klebten ihm im Gesicht, und man hätte ihn für ein Tier halten können. Er war zur Hälfte in den Boden eingegraben, dieser Junge mit der dunklen Haut, ich sah nur seinen Kopf, seine Augen, die schwarz wie Knöpfe waren, und hätte er nicht geweint, hätte er mir mit seinem wilden Aussehen Angst gemacht.*

Vielleicht hätte David auch gesagt: *Raj zeigte mir, wie man auf Bäume klettert und wie man läuft, ohne (oder fast ohne) dass die Füße den Boden berühren, er sagte, ich soll laufen, nur um zu laufen, meinen Körper und meinen Kopf vergessen und nur die Luft, die mir ins Gesicht schlägt, und die Geschwindigkeit genießen, die man erreicht, während man seine Beine vergisst, geradeaus sieht und lacht.*

Glaubte er, ich würde ihn nach Eretz bringen? Glaubte er, wir würden irgendwohin gehen, wo wir glücklich sein konnten, oder – was für eine grauenhafte Frage für mein Alter – ging er diesen Weg vielmehr nur für mich? Durch sein Leben als Gefangener, als deportierter Jude, als Waise, als Gefängnisinsasse, als Kind ohne Kindheit, als ein Kind, das den Tod zu gut und zu sehr aus der Nähe kannte, hatte David vermutlich gelernt, gar nicht mehr zu sein, zu vergessen, dass er eine Seele hatte, die noch etwas anderes konnte als weinen, dass er Arme hatte und Beine, um zu laufen, und ein so zartes Gesicht, dass man gar nicht anders konnte, als es lieben. Er hatte das alles vergessen; vergessen, dass er aus Fleisch und Blut war, vergessen, dass er die Möglichkeit hatte zu wachsen und ein Mann zu werden. Ach, ich habe gut reden, heute, kann leicht einfach so erzählen und über ihn sprechen, als hätte ich auch nur die geringste Berechtigung, mich über diese unbeschreiblichen Dinge zu verbreiten, was weiß denn ich, was er fühlen konnte, was weiß denn ich von der Deportation und den Pogromen, was weiß denn ich vom Gefängnis? Ein armseliger alter Mann wie ich!

Bin ich soeben gestürzt? Mein Sohn ist da, hilft mir hoch, hebt meinen Stock auf, stützt meinen Arm. Er spricht mit mir, doch ich höre ihn kaum, sehe ihn kaum. Er bringt mich zu einer Bank unter einem Katappenbaum, einige Meter von David entfernt, ich will das nicht, doch mein Sohn sagt: »Ruh dich ein bisschen aus, die Sonne sticht, du kannst ja gleich zurückgehen.« Seine Stimme klingt sehr zärtlich, ich gebe nach. Der Schatten tut mir gut, mein Sohn hält mir eine Flasche mit kühlem Wasser hin und setzt sich neben mich. Er fragt, ob ich jemanden, der hier begraben ist, persönlich kenne, ich nicke. Ich lasse Davids Grab nicht aus den Augen, und vielleicht respektiert mein Sohn deshalb mein Schweigen und sagt nichts mehr.

Jetzt ist es zu spät, sechzig Jahre zu spät, um zu bemerken, an seinem Grab zu bemerken, dass David vergessen hatte, er selbst zu sein, dass er aufgehört hatte, ein kleiner Junge zu sein, und dass alles, was er tat, für mich geschah, um ein wenig durch mich zu leben, denn da er das eigene Leben davonfliegen sah, konnte er gar nichts anderes tun. Hatte ich ihm in den wenigen Tagen, die wir gemeinsam verbrachten, geholfen, wieder zu sich zu finden? Nein. Denn am folgenden Morgen ging es allein um meine Geschichte. Ich wollte meinen Bruder wiederfinden, nur dieser dringliche Wunsch zählte und nicht mehr die Tatsache, dass David aus dem Gefängnis weggelaufen war, dass ich ihn mit meinem Handgelenk geknebelt hatte, als er einem Gefährten helfen wollte, dass ich ihn mit zu mir nach

Hause genommen hatte, dass ich in ihm die Hoffnung auf ein freies Leben geweckt hatte, dass ich den Entschluss zur Flucht ganz allein gefasst hatte und ich sie ihm aufgedrängt hatte. Mein Glück war es, das da auf dem Spiel stand. Ich hoffe, er verzeiht mir diese Unverschämtheit.

Meine Erinnerungen gären schon so lange in mir, und manchmal misstraue ich ihnen. Manche Bilder sind so stark, dass es mir vorkommt, als hätte ich sie erst gestern Morgen gesehen. Ich denke an unseren langen Marsch am folgenden Tag zurück, an den Weg, der am Wald entlangführte und den wir beharrlich weitergingen, um nicht ins Dickicht zurückzumüssen, noch nicht, an den schmutzigen Weg und den dicken Schlamm mit der rissigen Oberfläche, der sich auf beiden Seiten gebildet hatte, an die Äste, die Blätter, die toten Vögel, als wäre ein Teil des Waldes hierhergekommen, um sein Leben auszuhauchen, das Ergebnis seines letzten Seufzers lag nun verstreut unter unseren Füßen, und dazu wir, die wir wie brave Kinder wanderten, ordentlich nach links ausgerichtet, und dabei hätten wir aus diesem Weg einen Spielplatz für uns machen können, unsere eigene Welt, hätten ihn zertrampeln und auf den Kopf stellen können, doch nein, wir marschierten in einer gedachten Linie, wie Soldaten. Vor und hinter uns zog sich die immer gleiche Landschaft bis ins Endlose. Der Streifen eines Stilllebens. Manchmal glaubte ich, eine Frucht gefunden zu haben, die verschont geblieben war, bückte mich, hob sie auf, untersuchte sie und warf sie schließlich weg, denn Mangos, Litschis, Papayas und Longanfrüchte, all diese Sommerfrüchte waren in voller Reife abgerissen worden, waren nur noch faulende Schalen und glibberige, aufgeweichte, stinkende Brocken. Ich zeigte David, wie man erkennt, ob eine Frucht noch gut ist, wie man den Geruch einer Mango an ihrem Ansatz prüft, eine Litschi in der Hand rollt und eine Longanfrucht mit Daumen und Zeigefinger zusammendrückt, um die Weichheit ihrer Schale zu testen. Er hörte mir zu, befolgte meine Anweisungen gewissenhaft, holte dann mit dem Arm nach hinten aus und warf die Frucht noch weiter weg als ich, auch das vielleicht wieder eine Geste, um mir zu sagen, wie sehr er bei mir war, wie sehr er einverstanden war.

»Hör mal!«

Das hatte David geflüstert, und ich blieb stehen, um zu lauschen. Weiter vorn dumpfer Lärm. Gedämpfte Gespräche, Kommandos, die befahlen, schneller zu arbeiten, nach links, nach rechts zu gehen, stehen zu bleiben. Ich ergriff Davids Hand, und wir gingen weiter, unsere ganze Aufmerksamkeit nun auf diese Geräusche gerichtet. Ich stellte mir eine Stadt mit Kutschen vor. Doch was wir auf unserem Weg schließlich sahen, war ein Haus. Es war weiß, riesengroß und aus Steinen gebaut, zwischen denen die Fugen zu erkennen waren. Etwas Vergleichbares hatte ich noch nie gesehen. Die Herrschaftshäuser in Mapou waren nicht so stattlich. Ich weiß noch, dass ich die Fenster zählte und es auf jeder Seite gleich viele waren. Der Lehmweg hörte etwa fünfzig Meter vor dem Haus auf, die restliche Strecke war mit Steinen gepflastert. Zwei Pferde zogen Baumstämme, Bambusbündel, Blattwerk und Äste. Ihre schweren Hufe klapperten, sie bewegten sich langsam vorwärts, und ein uralter Mann, der wie die Männer aus dem Camp von Mapou nur ein Stück Stoff um die Lenden trug, passte auf, dass die Ladung nicht abriss. Rings um das Haus hoben Männer Gräben aus, um hohen Bambus anzupflanzen. Die Erde und der Schlamm aus den Gräben wurde in Weidenkörbe geschaufelt, die von zwei Jungen, kaum größer als wir, zu einem Karren getragen wurden, wobei der Schlamm durch das Korbgeflecht tropfte und ihre Beine bekleckerte. In regelmäßigen Abständen kamen Frauen aus dem Haus und kippten auf dem Hof Wassereimer aus, aus denen braune Fontänen spritzten.

Ich weiß nicht, wer uns als Erster entdeckte. Die Männer hörten auf, die Erde aufzuhacken, die Frauen stellten ihre Eimer hin und stemmten die Hände in die Hüften, die beiden Jungen setzten ihre Körbe ab, und der Alte ließ seine Ladung aus den Augen. Nur ein Pferd stampfte weiter mit den Hufen.

Ein junger Mann in englischer Kleidung tauchte auf, mit Leinenhosen, Hemd, Jackett und glänzenden, schwarzen Lackschuhen. Er war ein Mischling mit blauen Augen. Damals gab es für mich nur Weiße, Schwarze und Inder auf der Welt. Doch dieser Mann mit seiner kupferfarbenen Haut, seinen himmelblauen Augen und seinem goldblonden Kraushaar, diese wandelnde Mischung wirkte wie ein Außerirdischer auf mich. Er kam auf uns zu, und ich sah, dass er in der linken Hand ein Paar Handschuhe hielt. Er musterte uns aufmerksam und konnte kaum ein Lachen unterdrücken. Ich weiß bis heute nicht, warum. Lag es an unserem Aufzug von braven Schülern mit unseren blauen Shorts, unseren weißen Hemden und unseren Taschen über der Schulter, lag es an unseren zerschrammten Gesichtern, an unseren wilden Mienen, oder lag es an der Art, wie wir uns bei der Hand hielten, fest und ohne zu zittern?

Zu meinem großen Erstaunen bot er uns Arbeit an. Er wandte sich an David und erklärte auf Französisch, es gebe drei kleine Münzen und etwas zu essen, wenn wir aushalfen, und ich war es, der antwortete. Der Mischling schaute immer noch David an, der keinen Mucks von sich gab. Niemals eine Arbeit ablehnen, sagten unsere Eltern, niemals.

»Ja, wir möchten arbeiten.«

Wir stellten unsere Taschen auf einem Liegestuhl auf der Veranda ab und begannen Weidenkörbe zu schleppen. Die Männer, die Schlamm und Erde in die Körbe schaufelten, sahen uns teilnahmsvoll an. Anfangs füllten sie die Körbe nicht bis zum Rand, wie sie es bei den anderen Jungen taten, und trotzdem hätte ich nie für möglich gehalten, dass Erde und Schlamm so schwer sein können. Einer der Jungen zeigte uns, wie man den Korb auf der Hüfte abstützte, doch all das war überhaupt nicht mit dem Gewicht eines vollen Wassereimers oder eines Kleiderbündels zu vergleichen. Der Matsch tropfte an den Beinen herunter, die Weidenruten lösten sich aus dem Korbgeflecht und stachen ins Fleisch, der Korb rutschte weg und fiel uns auf die Füße, sodass uns der ganze Schlamm vollspritzte. Genau wie beim ersten Mal, als ich David hinter dem Stacheldrahtzaun entdeckt hatte, schauten wir uns an und verstanden uns ohne ein Wort. Wir erledigten diese Arbeit zu zweit, indem jeder von uns an einer Seite des Korbs anfasste und wir wie die Krabben seitwärts gingen. Dann schwenkten wir unsere Last hin und her, um Schwung zu holen, und beförderten sie so auf den Karren. Alle starrten uns neugierig an, als wäre es ihnen noch nie in den Sinn gekommen, sich zusammenzutun und ihre Kräfte zu vereinigen.

Nach etwa zwanzig Körben bekamen wir ein Mittagessen. Brot mit Margarine bestrichen, Ölsardinen, Bananen und Zuckerwasser aus richtigen Gläsern. Es war das erste Mal, dass ich so etwas erlebte. Alle Arbeiter – Kinder und Erwachsene – saßen in einer Ecke zusammen, manche auf einem Stein, manche auf ihren Fersen, manche auch direkt auf dem Steinpflaster. Wir aßen schweigend, wie bei unserem Hunger, unseren schmerzenden Muskeln und unserer Plackerei nicht anders zu erwarten. Vielleicht hatte ich kurzzeitig das Gefühl, ein Mann zu sein, gearbeitet zu haben und mir mein Essen verdient zu haben. Ich fühlte mich stärker, unbefangener. Ich wollte mir ein Stück Brot aufsparen, doch ich war zu hungrig, und David erging es nicht anders. Nachdem er aufgegessen hatte, ging er zur Veranda, um seine Medizin aus der Tasche zu holen. Ich saß mit dem Rücken zu ihm und wiegte mich noch in dieser neuen Gemeinschaft, in dieser Männlichkeit unter Arbeitern, als ich ihn über das Pflaster laufen hörte.

»Raj Raj Raj.«

Diesen Tonfall kannte ich schon, es war dergleiche wie der, den er an dem Tag gehabt hatte, als ich aus dem Krankenhaus entlassen worden war. Ich sprang sofort auf und sah ein langes, schwarz glänzendes Auto auf das Haus zukommen. Jemand sagte: »Achtung, der Boss!«

Natürlich kannte ich diesen großen Wagen. Er hatte oft auf dem Gefängnishof gestanden, hatte draußen gestanden, als die Juden protestiert hatten, es war der Wagen des Direktors. David lief mit unseren zwei Taschen in der Hand zu mir, und als er mich erreicht hatte, rannte auch ich los. Einer der Arbeiter, ein Mann ohne Gesicht, ohne Stimme, den wir nicht angesprochen hatten, streckte seine Hände aus, um David zu ergreifen. Er erwischte nur eine der Taschen, bremste David jedoch in seinem Schwung. Ich erinnere mich noch, wie Davids Körper nach hinten schleudert, sein Mund ein O formt und er die Augen weit aufreißt. Ich laufe zurück, packe ihn am Arm und zerre schreiend an ihm. Warum schreie ich nur so? Der Henkel der Tasche schnürt David die Luft ab, und ich versuche, David zu befreien, der Mann hält ihn immer noch zurück, sein Mund ist verzerrt, ich halte das für ein Grinsen, und das ist mir unerträglich, ich werde plötzlich zum Tier, stoße unflätige Flüche aus, die ich nicht einmal verstehe, die mir Zunge und Kehle verätzen, die ich vor langer Zeit im Camp gehört habe, die mein Vater gebraucht, wenn er stockbetrunken aus dem Wald kommt und sich daranmacht, seine Frau und seinen Sohn zu verprügeln; all diese Schändlichkeiten schleudere ich dem Mann entgegen, der David festhält und angesichts meiner Sprache die Augen aufreißt, und da, in diesem Moment, bin ich kein Kind mehr, auf diesen schlammverschmierten Pflastersteinen lasse ich den kleinen, verträumten und naiven Raj hinter mir. Es ist traurig und nicht leicht zuzugeben, doch in diesem Moment bin ich ganz der Sohn meines Vaters.

Der Wagen hält, die Tür geht auf und lässt die Sonne auf sein schwarzes Leder prallen, der Henkel der Tasche reißt, die Flasche mit der Medizin, die meine Mutter mit ihren Zauberhänden aus ihren Wunderkräutern bereitet hat, zerspringt und spritzt ihre Scherben und den grünen Trank sternförmig auf die Steine, und wir laufen, laufen, laufen, verfolgt von den Rufen des Mischlings. Er schreit unsere Namen, und das erschreckt uns so sehr, dass wir erneut in die Tiefe des Waldes eintauchen, der sich mit einem Blätterrascheln fest hinter uns schließt.

13

Wie es auch bei Tieren geschieht, schärfte die Flucht unsere Sinne. Ich erspähte alles, sah schon von Weitem, wo wir hochspringen, wann wir uns ducken mussten, sah die Linkskurve voraus, beschleunigte rechtzeitig und holte wie ein Sprinter Schwung, lief weiter und hielt vor allem niemals an, niemals. Ich hörte David hinter mir, wir vollführten die gleichen Bewegungen, und sie verursachten die gleichen Geräusche bis hin zu unserem schnellen, keuchenden Atem. Unter meinen Füßen knackte ein Ast, ein paar Sekunden später knackte er auch unter Davids Füßen; wir liefen über einen moosbedeckten Boden, und unter unseren Sohlen war der gleiche dumpfe Klang. Mehr denn je war David mein Schatten, das Echo jeder meiner noch so kleinen Bewegungen, mein teils tröstender, teils unerträglicher Spiegel, und so konnte ich mich nicht aus meiner Verantwortung, aus meinen Entscheidungen stehlen, so winzig, so bedeutungslos, so unerheblich sie auch sein mochten. Alles, was ich tat, prägte sich mir doppelt ein. Als wir ein dumpfes Wasserrauschen hörten, wurden wir kaum langsamer und liefen schnurstracks darauf zu, ohne uns Fragen zu stellen, ohne an irgendetwas anderes zu denken. Wir stürzten uns in dieses schmutzige, schwere, aufgewühlte Wasser. Es führte alles mit sich, was dem Zyklon nicht widerstanden hatte, doch wir tranken gierig, mit geschlossenen Augen.

Man möge mir verzeihen. Diese Dinge, vor allem die nun folgenden, waren lange in mir verschüttet. Sie lagerten unter anderen Erinnerungen, und jetzt wird es Zeit, sie zu erzählen, jetzt oder nie, ich kann mich nicht länger darum drücken, doch ich habe Angst, ich bin siebzig Jahre alt und habe Angst vor meiner Erinnerung! Gern möchte ich *genau* erzählen, was geschah, das ist das Mindeste, was ich für David noch tun kann, ich möchte das Wesentliche erzählen, möchte – endlich – ihn in den Mittelpunkt dieser Geschichte stellen, damit er als Einzelner wahrgenommen wird, damit er einen Platz hat, wo er seinen Kummer und seinen Schmerz äußern kann, doch er sprach nie über solche Dinge, er hatte nicht gelernt, an sich zu denken und sich so zu äußern, wie ich es konnte: Meine Brüder fehlen mir, ich friere im Wald, ich habe Angst, ich will zurück zu meiner Mutter.

Damals begriff ich das nicht, er war für mich einfach ein wunderbarer Gefährte, mir gefiel seine stille Gegenwart, seine ungeahnte Kraft, ich sagte mir, dass er viel mutiger war als ich, dass er vom gleichen Kaliber war wie meine Brüder. Auch er hatte diese Art, genau das zu tun, was ich von ihm erhoffte, diese Art, sich für mich zu opfern, mich niemals zu enttäuschen. Nie im Leben hätte ich für möglich gehalten, dass er ganz einfach nicht gelernt hatte, an sich zu denken, und dass er von so vielen Toten und von so viel Leid mitgenommen war, dass sein Körper, sein Herz, sein Kopf quasi nicht mehr existierten. Er ging durch das

Leben, als wüsste er, dass das, was seiner Familie passiert war, auch ihn einholen würde, er sang seine Lieder, die er wer weiß wo gelernt hatte, und ich stelle mir gern vor, dass es seine Mutter war, die ihn diese Worte gelehrt hatte. Manchmal sprach er sehr schnell, und heute begreife ich, dass er in seiner Sprache, dem Jiddischen, Halt suchte, denn sie war alles, was ihm geblieben war. Seine Sprache war eine Art Musik für mich. Wenn im Wald die Nacht hereinbrach, sang er, so wie manche es abends im Gefängnis getan hatten, sie sangen, um sich von dieser Insel zu befreien, die ihnen verhasst war, und von diesem Land, das bis in alle Ewigkeit ein Gefängnis für sie sein würde.

Ich erinnere mich, dass ich später irgendwann eines dieser Sprachlehrbücher bestellte, *Jiddisch für die Westentasche* hieß es. In einer Zeitschrift hatte ich einen Bestellschein gefunden und ihn abgeschickt, ohne weiter darüber nachzudenken. Ich musste zwei Monate warten, und als das Päckchen endlich kam, legte ich es auf den Küchentisch und konnte es nicht öffnen, weil meine Hände so sehr zitterten. Ich hatte das Gefühl, dass etwas von David in diesem Päckchen steckte, etwas von meiner Kindheit, von jenen Sommertagen, an denen David, wenn er vergeblich versucht hatte, mir etwas zu sagen, manchmal die Geduld verlor und in seine Muttersprache verfiel. Meine Frau war es, die das Päckchen schließlich für mich auspackte und mir seinen Inhalt übergab. Es war nur ein kleines Buch, was mich enttäuschte. Das Päckchen hatte größer gewirkt, weil es mit Packpapier ausgestopft gewesen war. Ich presste das Buch an mein Herz, atmete tief ein und schlug die letzten Seiten auf, so wie jeder, der zuerst das Ende eines

Buches liest, weil er die Spannung nicht ertragen kann. Es enthielt ein französisch-jiddisches Glossar. Ich suchte die Wörter »Bruder«, »Hunger«, »Mutter«, und meine Augen füllten sich mit Tränen. Ich klappte das Buch zu und öffnete es nie wieder. Ich hatte versucht, die Wörter laut zu lesen, und das Zischen, das aus meinem Mund kam, weckte die Erinnerung, was unerträglich traurig war.

Von dem Fluss habe ich nur noch seine dunkelbraune Farbe im Gedächtnis und diese unglaubliche Süße, die ich empfand, als das Wasser durch unsere Körper rieselte und unseren Durst löschte. Wir folgten dem Flusslauf eine kurze Weile, und als ich mich vergewissert hatte, dass rings um uns her nur ein Schleier der Stille lag, uns der Mischling also nicht mehr einholen würde, machten wir Rast.

Es ist erstaunlich, wie plötzlich sich der Körper in einen Feind verwandeln kann, den man bekämpfen und ruhig stellen muss. Waren wir nicht einen Augenblick zuvor noch durch die Gegend geprescht und im Vollbesitz all unserer Kräfte davongelaufen, während unser Körper uns sklavisch gehorcht hatte? Ach, aber dann dieses Kribbeln, dieser stechende Schmerz in den Beinen, wie wenn eine Ader herausgerissen wird, diese weichen, zitternden Knie, die einen straucheln lassen, dieser Atem, der kratzt, der fehlt, nach dem man ringt, indem man verzweifelt den Mund aufreißt, das Gesicht zum Himmel gereckt und mit dem Geschmack von Blut auf der Zunge, dieses Gefühl, dass das Herz derart angeschwollen ist, dass es nicht mehr nur in der Brust schlägt, sondern auch im Bauch, im Rücken, in den Schultern, im Kopf, in den Ohren. Das Gelände stieg zur Rechten ein wenig an, und wir wählten lieber einen Weg, der sich zwischen den Bäumen hindurchschlängelte, anstatt mit dem Fluss abwärts zu ziehen. Einige Meter weiter fanden wir ein Fleckchen mit Gras und Blättern. Dort war das Wasser wie ein angenehmes Murmeln zu hören, und wir sanken ermattet nieder.

Ich erinnere mich noch an den Geruch des Bodens, der zu viel Wasser vom Himmel aufgesogen hatte, an den Geruch der faulenden Blätter, die ein herbes Aroma verströmten, ich erinnere mich an das undurchsichtige Blau des Himmels, das durch das Laub der Bäume schimmerte, sehe noch einmal den Schatten vor mir, der auf David spielte, als er mit offenem Mund und lang ausgestreckt auf dem Rücken dalag, und wenn ich aufmerksam auf seine Brust schaute, konnte ich auf seinem Hemd das regelmäßige Schlagen seines Herzens sehen. Mein Körper war schwer und müde, er schien in den Boden einzusinken – ebenso langsam und sicher wie in Treibsand.

Möglichst *genau* erzählen: Als ich erwachte, regte sich nichts, da war nur das grün-blaue Muster über meinem Kopf, der Fluss in der Ferne, die Feuchtigkeit des Bodens und die sanfte Wärme eines ruhigen Erwachens nach einem verdienten Schlaf. Und ein leicht säuerlicher Geruch, der sich mit dem der nassen Erde mischte. Immer noch liegend, wandte ich den Kopf nach rechts, dorthin, wo David schlief. Er war nicht mehr da. Wie soll ich den Schock *genau* beschreiben? Mein Herz schien gegen die Rippen zu schlagen und mir aus der Brust zu springen, so ungefähr fühlte sich das an. Mein ganzer Körper bäumte sich auf, schnellte hoch und schrie: »David!«

Auf seinem Platz lag Erbrochenes. Möglichst *genau* soll

es sein, nicht wahr? David hatte alles auf die Blätter gespuckt, was er nach der Arbeit beim Direktor hinuntergeschlungen hatte, das Brot, die Banane, die Sardinen, ich hatte gesehen, dass er fast ohne zu kauen gegessen hatte. Die Erinnerung daran tut sehr weh, David hatte sich vollgestopft wie ein ausgehungertes Kind.

Ich stürzte den Abhang hinunter und schrie seinen Namen. Es war, als wiederholte sich mein Leben bis in alle Ewigkeit, als wäre dies mein Schicksal: zurückzubleiben, während die anderen verschwanden, und das ließ mich noch lauter schreien, vor Entsetzen, vor Wut. David stand weiter unten, über den Wasserlauf gebeugt, ich warf mich auf ihn, umarmte ihn, hielt ihn fest in den Armen. Da spürte ich seine glühend heiße Haut. Er schien mir in der kurzen Zeit noch dünner geworden zu sein, doch das lag vielleicht an seinem Blick. Er starrte mich an, als würde er aus einem Traum erwachen und sich fragen, wer ich wohl sei. Ich stützte ihn auf dem Weg bis zu unserem Rastplatz und holte meine Tasche. Über dem Erbrochenen schwirrte nun eine Wolke Fliegen, und David wandte den Kopf ab. Mein Herz schlug immer noch schnell, doch ich fürchtete mich nicht mehr. Ich hatte David wiedergefunden.

Wir wanderten bis zu einer kleinen Mauer aus weißem Stein, der wie Sand aussah. Wir wandten uns nach links, denn auf der anderen Seite wurde der Wald dichter. Der Boden war nun steinig, und ich spürte die scharfen Kanten durch meine Schuhe hindurch. David ging hinter mir, eine Hand auf der Mauer, die andere ins Kreuz gestützt, doch er beklagte sich nicht. Als sich der Wald lichtete und die Mauer aufhörte, breitete sich eine große Ebene vor uns aus. Sie war grün, dicht bewachsen und wirkte in dem anbrechenden Abend noch dunkler. Etwas weiter rechts eine Stadt, ich schaute zu David und zeigte sie ihm. Ich hatte keine Ahnung, wo wir waren, nachdem wir so viel in alle möglichen Richtungen gelaufen waren, doch der Anblick dieser Stadt, dieser Häuser und dieser Straße, die die Ebene teilte, beruhigte mich. Morgen würden wir dorthin gehen, morgen würden wir uns besser durchschlagen. Morgen würden wir den Weg nach Mapou finden. Der Himmel hatte sich in der Dämmerung rosa gefärbt. Die Ebene zeigte keinerlei Spuren des Zyklons. Sie lag ruhig da wie ein großes, in die Stille gekauertes Tier, und wir verharrten einen Augenblick schweigend am Rand des steil abfallenden Hanges.

Dann kletterten wir über die kleine Mauer und gerieten zu unserer großen Überraschung in einen Obstgarten. Unter einem Kampferbaum säuberte ich den Boden, so gut es ging, und setzte David dort ab. Er lehnte sich an den Stamm und schloss die Augen. Aus meiner Tasche holte ich saubere Shorts und ein frisches Hemd und legte beides neben ihn, bevor ich loszog, um etwas zu essen zu suchen. Es war ein recht schöner Obstgarten. Etwas weiter weg standen, in geraden Reihen, kleine Ravenalas, die kaum höher waren als ich, hier und da eine Ananasstaude, einige chinesische Guajaven, Brotbäume und riesige Kakteen, an deren Fuß rote Blumen vermoderten. Ich nahm zwei Ananas und ein paar grüne Guaven mit und füllte meine Flasche mit dem Wasser, das sich in den Ravenalablättern gesammelt hatte. Als ich zurückkam, hatte David sich umgezogen und versucht, seine schmutzigen Sachen neben sich zu vergraben. Ich tat so, als bemerkte ich nichts davon.

David hatte kein Wort gesprochen, seit wir den Fluss hinter uns gelassen hatten, auf seinen Augen lag ein grauer Schleier, und er schlotterte vor Fieber. Als er versuchte aufzustehen, verzog er schmerzerfüllt das Gesicht. Ich massierte ihm die Beine, wobei ich die Bewegungen meiner Mutter nachahmte. Seine Haut unter meinen Händen war schlaff und zitterte. So ein Fieber sei nicht weiter schlimm, wie oft hätte ich schon mit Fieberschauern im Bett gelegen, na und, ich sei ja jetzt wohl trotzdem hier, oder? So tröstete ich David, während ich ihm weiter die Beine und die Fußsohlen massierte. Am Abend trank er etwas Wasser, aß jedoch nichts. Als es Nacht wurde, deckten wir uns mit dem Laken zu, das ich mitgenommen hatte. Die Knie an die Brust gezogen und mit der dünnen Decke über den Schultern, lehnten wir an dem Kampferbaum, der nun nach Sonnenuntergang seinen süßen Duft vollends entfaltete. Der Himmel war ein Sternenteppich, und ich fühlte mich in Sicherheit. In dieser Nacht sang David. Heute, da ich den Herbst meines Lebens hinter mir habe und mit aller Aufrichtigkeit auf das zurückblicken kann, was ich getan habe, was ich erlebt habe, was ich verdient habe oder auch nicht, kann ich sagen, dass dieses Lied eines der wunderbarsten Dinge war, die ich je gehört habe.

Im Gefängniskrankenhaus hatte ich die gleichen jiddischen Klagelieder gehört, und mir schien, dass sie zur gleichen Stunde aus den Seelen aufgestiegen waren, als nämlich jedes Licht erloschen war und die Sterne alles überstrahlten, als die Juden allein waren und ihnen nichts weiter übrig blieb, als ihr Leben zu nehmen, wie es war, und sich an das zu klammern, was sie früher gewesen waren. Jemand hatte ein Lied angestimmt, und die anderen hatten mitgesungen, doch nie besonders laut, nie aus vollem Hals, nie, um irgendetwas hinauszutrompeten, sondern nur wie ein Murmeln mit fast geschlossenem Mund, wie ein Streicheln auf der Zunge, ein kleines, nacktes Lied, das über die Kehle strich. Außer dieser Musik, die über dem Gefängnis schwebte, über diesen schmutzigen, abscheulichen Mauern, regte sich nichts. Es war wie ein Geheimnis, das sie miteinander teilten und das sie alle verband, von Note zu Note, von Refrain zu Refrain. Ich staunte, dass, in ihrem Bett eingesunken, selbst die Schwächsten der Schwachen sangen, doch letztlich waren es vielleicht gerade sie, die Kränksten, die das am meisten brauchten.

Davids zarte Stimme stieg am Kampferbaum hinauf, seine jiddischen Wörter erfüllten die tropische Natur, sein jüdisches Lied umfing den Wald und auch mich, den kleinen Raj. Seine Stimme war sehr friedvoll, seine Wörter reihten sich wie selbstverständlich aneinander. Dieser Gesang drang mir tief ins Herz und verband mich mit der Welt um mich her, als wäre ich bis dahin nur ein Fremder in ihr gewesen. Dieses Klagelied schien die Schönheit der Natur noch zu steigern, und trotz dieser Erinnerungen, trotz der schrecklichen, grausamen Ereignisse kann ich sagen, dass mir dieses Lied von der Schönheit des Lebens sang. Obgleich ich kein Wort verstand, traten mir Tränen in die Augen, und mehr noch als die gemeinsam verbrachten Tage und sogar mehr noch als unsere Flucht war es dieser eine Moment, der uns für immer miteinander verband.

14

Wir verbrachten unsere Zeit mit dem Versuch, die Linien der Natur zu lesen. Ich glaube, so sind die Menschen seit jeher gewesen, immer suchen sie nach Antworten, nach Zeichen, nach Vorwarnungen, nach Strafen und nach Belohnungen aus dem Jenseits. Als ich am nächsten Morgen erwachte, öffnete sich der Himmel in einem milchigen Blassblau über uns. Der Tau glitzerte auf den Zweigen, die Vögel waren zurückgekehrt und zwitscherten im Obstgarten, ein goldgelbes Licht hüllte uns warm ein wie ein Glorienschein, und Davids Gesang schien mich durch den Schlaf, durch meine Träume begleitet und diesen wunderbaren Morgen geschaffen zu haben. David lag zu meiner Rechten, und sein Schweigen verriet mir, dass er wie ich in diesen Anblick versunken war, dass er die Frische und die Verheißungen dieses neuen Tagesanbruchs in sich aufnahm. Ich besann mich auf das Tal und die Stadt unter uns und fühlte mich bereit für den Tagesmarsch, denn war dieser herrliche Morgen nicht schließlich der Vorbote eines Neuanfangs für uns? Hätte ich doch nur irgendwie geahnt, was für ein schrecklicher Tag uns bevorstand, hätte ich doch nur eine winzige Warnung erhalten – ein Rabe, der sich über uns niederlässt, eine schwarze Wolke, die den Himmel zerschneidet, ein grunzendes Wildschwein zwischen den Bäumen, ein hässlicher Wind, der die glitzernden Tausterne wegfegt –, dann hätte ich ein Versteck gesucht, hätte mit bloßen Händen eine Grube gegraben, mit David an meiner Seite. Ich hätte mich niedergekauert, zu einer Kugel zusammengerollt und mich lautlos versteckt wie früher, hätte gehofft und gebetet, dass das Unglück vorüberzieht und uns nicht findet. Doch da war nichts von all dem, der Himmel blieb wolkenlos, die Vögel schwirrten in den Bäumen umher, die Blätter säuselten in der milden Brise und ließen das Licht flirren. Ich musste plötzlich an meine Mutter denken, und mein Herz zog sich vor Schmerz zusammen wie die Blätter einer Mimose, wenn man sie berührt. Damals bemühte ich mich, alle Gedanken im Zaum zu halten, die sich zu sehr mit meiner Mutter beschäftigten. Ich wusste, dass an sie zu denken bedeutete, auch an meinen Vater zu denken, daran, wozu er fähig war, daran, was sich nun in unserem Haus tief im Wald abspielte, seit ich mit David weggelaufen war. David oder meine Mutter. David oder die Rückkehr nach Hause.

Ich versuchte, mir einzureden, und wiederholte es den ganzen Tag über, dass ich Mapou erreichen konnte, dass Anil dort sein würde, dass meine Mutter nachkommen könnte, dass David ein Bruder für uns sein würde und ein Sohn für meine Mutter, dass wir wieder drei Brüder sein könnten, dass alles besser werden würde. Heute weiß ich, dass dieser Plan lächerlich war, dass er nur auf ein paar Worten von David beruhte, die ich verstanden haben wollte, weil unsere Seele nach Wundern verlangt. Und trotzdem gab es in diesen Stunden auf der Flucht nichts Wahrhaftigeres und Naheliegenderes für mich.

Um die Gedanken an meine Mutter und die Sehnsucht nach ihr abzuschütteln, stand ich schnell auf. Eine schreckliche Steifheit durchzog meinen Rücken bis hoch in den Nacken. Es war eigentlich kein Schmerz, eher das Gefühl, dass man mir einen Baumstamm auf den Rücken gebunden hatte und ich nun mit dieser Last aufgestanden war. Mir blieb die Luft weg, und ich ging in die Knie. Auch David war aufgestanden, lehnte jedoch weiter mit dem Rücken am Baum, seine Lippen waren weiß und blutleer, er schaute mit seinen glänzenden Augen zu mir hinunter und streckte mir den Arm hin. Ich weiß nicht, ob das ein Hilferuf war oder ob er mich stützen wollte. Ich brauchte endlos währende Minuten, um mich aufzurichten, und ging ein paar Schritte, um die Verspannung in meinem Rücken zu lösen. Ich atmete tief durch und ruderte mit den Armen. Nach einer Weile wurde die Last leichter, ohne jedoch zu verschwinden. Wir aßen einige Ananasscheiben und tranken Wasser dazu. Nachdem ich meine Tasche erneut mit einer Flasche frischem Wasser und ein paar Früchten gefüllt hatte, begannen wir mit dem Abstieg ins Tal.

David bewegte sich nur mit Mühe, doch er kam voran. In der Nähe des Obstgartens hatte ich einen Stock gefunden, den er als Wanderstab benutzte. Ich sagte mir, dass dies vielleicht der Ast eines Kampferbaums war wie der, den Anil gehabt hatte, und freute mich wie über eine Ermutigung, ein weiteres Zeichen dafür, dass mein Bruder auf uns wartete und dieser Tag gut ausgehen würde.

Der Weg ins Tal nahm kein Ende. Doch die Richtung

war klar, wir konnten uns nicht verlaufen. Wir rutschten auf dem Schotter aus, der scharfkantiger und dichter war als am Vortag, wie war das nur möglich? Ich glaube, wir wanderten eine Stunde, bevor wir das Tal sahen, und die ganze Zeit über musste ich gegen den Wunsch ankämpfen, mich einfach hinzulegen und eine kleine Weile den Amboss abzusetzen, der auf meinem Rücken lastete, mir den Nacken zermalmte und meinen Kopf in einen Schraubstock presste.

Die Stadt schien nicht weit weg zu sein, und wir gingen, ohne anzuhalten, nach rechts, wo sich der Weg ins Tal hinunterschlängelte. David atmete schwer, er war glühend heiß, und durch den Schweiß wirkten seine an Kopf und Stirn klebenden Haare nicht mehr so blond. Seit dem Vorabend stellte ich ihm immer wieder dieselbe Frage: Geht es dir gut? Geht es dir gut? Geht es dir gut? Manchmal sagte er Ja, manchmal wiegte er den Kopf hin und her, und manchmal begnügte er sich damit zu lächeln, doch dort, kurz bevor wir in die Stadt hinuntergingen, schüttelte er den Kopf, langsam, von links nach rechts, von rechts nach links.

»Nein.«

Er konnte seine Augen nur mit Mühe offen halten, als störte ihn das Tageslicht. Ich bekam es mit der Angst zu tun und sagte nichts mehr. Wir gingen Arm in Arm, bis der Weg glatt und weniger steinig wurde. Er war leicht abschüssig, und mein bleischwerer Körper strafte meine Erinnerungen Lügen: Nein, ich konnte nicht der flinke, wendige Junge sein, der vor allem Abhänge so liebte, auf denen ich ordentlich an Tempo gewann, ich ständig nach

Hindernissen vor mir Ausschau hielt und mir Flügel zu wachsen schienen. Ich hatte David untergehakt. Über seine Haut lief regelmäßig ein leichtes Zittern, und das beunruhigte mich viel stärker als ein deutlich spürbares Erschauern. Die Zeit, als David Anlauf genommen hatte und abgesprungen war, wobei er wie ein Weltmeister mit den Beinen in der Luft ruderte, schien in weite Ferne gerückt zu sein. Ich sah noch einmal sein Gesicht während des Sprungs vor mir, dieses Gesicht, das nur mich anschaute, und ich begriff tief in meinem Innersten, dass diese schlichte, unkomplizierte Freude für uns vorbei war.

Ich werde versuchen, den Ort, an dem wir haltmachten, so genau wie möglich zu beschreiben. Das ist wichtig, weil David dort für immer die Augen schloss. Ich weiß nicht, ob er dort starb oder später auf meinem Rücken. Ich weiß es nicht, und um die Wahrheit zu sagen, möchte ich es auch gar nicht wissen, denn manche Dinge sind so schmerzhaft, dass man sie lieber ruhen lässt. Selbst wenn man so alt ist wie ich, wenn man die Summe allen Kummers kennt, den ein ganzes Leben über einem ausschüttet, und wenn man genug Falten und verschwommene Erinnerungen hat, um zu glauben, man könne nun alles verstehen, ja selbst dann möchte man sie nicht wissen.

Eine lange Strecke hatten wir nicht zurückgelegt, so viel steht fest, doch wir schienen in eine Parallelwelt eingetreten zu sein, die vollkommen anders war als die, in der wir zuvor gewesen waren. Dort standen hohe Bäume mit riesigen Stämmen und mit Wurzeln, die so weit aus dem Boden ragten, dass sie moosbedeckte Hügel formten. Auf manchen Stämmen wuchsen lange, grüne und weiche Farne. Das Licht drang durch das dichte Laubwerk und fiel wie Schwertklingen rings um uns nieder. Irgendwo hörten wir das Wasser mit einem kristallklaren Klang talwärts rauschen, als würde es über saubere, blank polierte Kieselsteine fließen. Sein helles Sprudeln umschloss diesen Ort, und vielleicht flößten uns die großen, schwerfälligen Bäume, die Wurzeln, die wie übernatürliche Wucherungen hervorragten, und die Farne, die auf der Rinde wuchsen, gerade deshalb keine Angst ein. David ging zu einem Baum, rieb einen Farn zwischen den Fingern, strich mit der Hand langsam über die feuchte Rinde und lehnte sich schließlich mit dem ganzen Körper an den Baum, als wollte er ihn umarmen. Nie zuvor hatte ich einen Menschen so etwas tun sehen, trotzdem gab ich keinen Mucks von mir und regte mich nicht, aus Angst, etwas Heiliges zu stören. Ich schaute ihn nur an, seine um den Stamm gelegten Arme, seine blassen, zitternden Beine, die wie zwei bleiche Rohre aus den blauen Shorts ragten, seine weiße Haut vor der braunen Rinde und seine blonden Haare, die sich mit dem Farn vermischten. Als er fertig war, nahm er seinen Stock, den er an den Baum gestellt hatte, und humpelte langsam auf mich zu. Ich hätte alles dafür gegeben, wenn er diesen Stock hätte wegwerfen können, um dann wie früher zu laufen, auf seine schiefe Art, so dass sein blondes Haar auf seinem Kopf hüpfte. Er lächelte mich an, wobei er zunächst einen Mundwinkel hochzog und den Kopf ein wenig neigte. Ich weiß nicht, warum, doch das erfüllte mich mit einer grenzenlosen Traurigkeit, und ich schaute weg, damit er die Tränen auf meinen Wangen nicht sah.

Wir waren erschöpft. Mir tat alles weh, und ich hatte einen Geschmack nach Gips im Mund. Wir setzten uns in die Mulde eines Baums. Seine Wurzeln formten ein V und waren so dick und hoch, dass wir uns dagegenlehnen konnten. David legte seinen Kopf an meine Schulter wie an dem Abend im Gefängnis. Ich weiß noch, dass meine Beine schwer waren und in meinem Kopf ein ständig zunehmender Schmerz hämmerte, doch ich erinnere mich auch an die Stille und an den unglaublichen Frieden, den sie uns schenkte. Ich strich ihm mit der flachen Hand immer wieder über das blonde Haar, denn ich wusste, dass diese Geste Erleichterung brachte. Meine Mutter hatte das in Mapou immer mit uns getan, und auch Anil hatte mich so gestreichelt, als ich krank war und der Husten mich zermürbte.

Wie gern würde ich erzählen, dass David mit mir sprach, dass er noch einmal sang, dass er mich ein letztes Mal fest in die Arme schloss, wie gern würde ich erzählen, dass ich irgendetwas hörte, ein Seufzen, ein Wort, einen tieferen Atemzug, irgendetwas, was mir signalisiert hätte, dass der Moment gekommen war, doch nein, ich hörte nichts. Ich strich ihm lange übers Haar, meine Hand schmerzte, doch ich machte weiter, bis er die Augen schloss. Starb er in diesem Moment, unter meiner Hand, an meiner Schulter? War er schon tot, als ich glaubte, er sei eingeschlafen?

Als ich aufwachte, hatte ich Mühe, mich zurechtzufinden. Es war kühl, ich spürte Davids Locken an meinem Hals und sein Gewicht an meiner Schulter, irgendwo rauschte das Wasser. Ich zog meine Schulter so vorsichtig weg wie möglich, wobei ich Davids Kopf stützte und ihn gegen die Wurzel lehnte. Ich wollte aufstehen, doch vergeblich. Mein Rücken war stocksteif. Tausende von Ameisen schienen an meinen Beinen hochzukrabbeln. Ich kroch erst ein wenig, bevor ich mich aufrichten konnte. Ich tat einige Schritte, doch jedes Mal, wenn ich einen Fuß auf den Boden setzte, schienen meine Knochen auseinanderzufallen und meine Beine mein Gewicht nicht mehr lange tragen zu können. Ich umrundete die Lichtung, so gut es eben ging, Schritt für Schritt und darauf hoffend, dass meine Muskeln sich lockerten. Meine Augen brannten, ich hatte nur den einen Gedanken, mich hinzulegen und zu schlafen. Ich merkte, dass ich Fieber hatte.

Möglichst *genau* erzählen. Ich begann ihn zu rufen. Wach auf, David, sagte ich immer wieder. Ich beugte mich zu ihm nieder, rief ihm seinen Namen ins Ohr, rüttelte ihn sanft, doch sein Körper rutschte weg und fiel der Länge nach zu Boden. Da sah ich seine Kette mit dem Davidstern auf der Erde liegen. Ich hob sie auf und steckte sie in meine Tasche, damit ich sie nicht vergaß. Das war ein Zeichen, nicht wahr, ich, der ich am Himmel, in den Wolken, im Flug der Vögel danach gesucht hatte, ich achtete nicht auf dieses nicht mehr geschlossene goldene Band, und nie hätte ich gedacht, dass ich den Davidstern sechzig Jahre aufbewahren würde. Ich rief und schüttelte David nun etwas energischer, doch umsonst. So wie ein Motor, der sich in Gang setzt und immer lauter wird, wuchs meine Angst. Es fiel mir schwer, aufrecht stehen zu bleiben, doch die Angst ließ mich meinen Schmerz vergessen. Ich spritzte ihm Wasser ins Gesicht, zunächst nur einige Tropfen, doch als das nichts half, goss ich ihm die ganze Flasche über den Kopf. Ich riss ein Farnblatt ab und versuchte, ihn zu wecken, indem ich ihn am Ohr kitzelte. Aber er regte sich nicht. In meinen Ohren rauschte es, und ich begann zu schreien. David! Wach auf! Ich zog eines seiner Augenlider hoch, und ich erinnere mich noch an seine grüne Iris, die nach oben verdreht war, als versuchte er, seine Stirn anzuschauen. Ich schob mein Gesicht ganz dicht vor dieses Auge und hoffte, dass er mich endlich sah und aufwachte. Doch er blieb starr.

Um irgendetwas zu tun, um meinen Händen und meinem Kopf eine Beschäftigung zu geben, um nicht sehen zu müssen, um nicht verstehen zu müssen, tat ich nun alles, was ich konnte, um ihn zu wecken. Es fällt mir sehr schwer, davon zu erzählen. Ich versuchte, ihn hinzustellen, ihn auf meine Schulter zu hieven, ich schrie ihn an, brüllte ihm seinen Namen ins Ohr, schüttelte ihn, drohte, ihn zurückzulassen, wenn er nicht aufwachte. Ich schob meine Arme unter seine Achseln, hob ihn hoch, schleppte seinen Körper ein paar Meter weit, doch alles blieb, wie es war, sein Körper regte sich nicht, sein Kopf hing herab, seine Arme schlenkerten, und ich traute mich nicht mehr, mich zu bewegen. Bald begannen meine schmerzenden Beine zu zittern, und ich dachte nur noch das eine: ihn nicht loslassen, ihn nicht loslassen. Dazu meine verfluchten Beine, die aufheulten, dieser verdammte Schmerz, der mich überall stach, doch ich ließ David nicht los, ich hielt ihn fest, und selbst noch als mein Körper mir nicht mehr gehorchte und auch ich hinfiel, presste ich ihn weiter an mich. Gott weiß, wie sehr ich es David gegenüber in diesem Moment an Respekt fehlen ließ, ich hätte ihn in Frieden lassen sollen, doch ich hatte versprochen, ihn nicht alleinzulassen.

Auf dem Boden klammerte ich mich an ihn und weinte und flehte, wie ich es bei keinem anderen Menschen, den ich verloren habe, je tat. Ich muss nicht ausführen, was ich im Einzelnen sagte. Egal, in welchem Land, in welcher Sprache, in welchem Alter und in welchem sozialen Milieu – in solchen Momenten sagen wir mehr oder weniger immer nur das eine: *Verlass mich nicht.* Mir tat alles weh, ich hatte einen Geschmack von Blut im Mund, doch ich hörte nicht auf zu beten und beschwor David, doch aufzuwachen. Nach einer Weile lehnte ich seinen Kopf an meine Schulter und strich ihm mit der Hand übers Haar. Ich wusste, dass das guttat. Mir brach das Herz, schlicht und einfach, und ich weinte im Dickicht der Bäume und Farne, weinte wie ein kleines Kind, das ich auch war.

Ich glaube, ich hätte mich nicht mehr vom Fleck gerührt und wäre an diesem düsteren, stillen Ort letztlich ebenfalls gestorben, wenn sie uns nicht gesucht hätten.

Als ich in der Ferne das erste Bellen hörte, zögerte ich trotz meiner bleiernen Schwere nicht eine Sekunde. Es ist unglaublich, welche Kraft ein in die Enge getriebener Körper entwickelt. Ich drehte mich so, dass Davids Brust an meinem Rücken lag. Ich nahm seine Arme und kreuzte sie vor meinem Hals. Mit einem Ruck erhob ich mich auf die Knie. Ich hörte die näher kommenden Hunde, doch ich fürchtete mich nicht. Ich dachte an das Stoffbündel und versuchte, Davids Gewicht auf meinem Rücken auszubalancieren, eher zu den Schultern hin als zum Kreuz, ich beugte mich etwas weiter vor, biss die Zähne zusammen und stand auf. Ich taumelte, hielt seine Arme fest um meinen Hals und wollte schnell davonstürzen. Das gelang mir nicht, doch ich kam voran, Schritt für Schritt. David rutschte weg, ich dachte an das Stoffbündel, dachte an meine Mutter und an ihre Freude, uns wiederzusehen, uns zwei. Sie würde wissen, welche Heilkräuter David brauchte, sie würde wissen, was zu tun sei, wen man um Hilfe anrufen, wen man anflehen, wen man bitten müsste. Ja, ich ging zu unserem Haus tief im Wald zurück, und meine Mutter würde ihre Pflanzen, Wurzeln und Blätter suchen. Mapou war nicht mehr wichtig, ich dachte kein einziges Mal an Anil, mein ganzes Sehnen war darauf gerichtet, David nach Hause zu bringen. Ich ging gebeugt weiter, Davids Füße schleiften hinter mir auf dem Boden, doch ich hielt nicht an. Der Weg bestand aus Moos und Schatten, und überall, vor mir, unter meinen Füßen, sah ich aus den Augenwinkeln die weichen, fasrigen Farnpflanzen. Ich sagte zu David, dass wir uns nicht trennen würden, gab ihm noch einmal dieses Versprechen. Wie damals im Wald, als er zum ersten Mal mit mir gekommen war, artikulierte ich diese Worte sorgfältig, wie in der Schule. Ich hatte keine Angst, es ging mir furchtbar schlecht, doch ich hatte den wilden Mut eines entsetzten, unglücklichen Kindes.

Als sie uns einholten, sie, die Riesen, die Polizisten in ihren blauschwarzweißen Uniformen, mit ihren glänzenden Schlagstöcken und ihren Hunden, die uns ansprangen, als wären wir GAUner, DIebe und HAlUnken, als sie mich entdeckten, mit David auf dem Rücken, habe ich da wirklich wie ein wildes Tier geschrien und gebrüllt, wie meine Mutter es mir später oft erzählte? Mussten sie wirklich zu zweit kommen, um mir David aus den Händen zu reißen? Oder wankte ich und weinte mir die Seele aus dem Leib, wie ich es jetzt, sechzig Jahre später, an seinem Grab tue?

15

Als die Polizisten uns im Wald aufspürten, waren David und ich nur eine Wegstunde vom Gefängnis entfernt. Drei Tage, drei Tage, um im Kreis um Beau-Bassin zu laufen, mehr hatten wir nicht getan. David war tot, ich hatte Kinderlähmung. Man brachte seinen Leichnam nicht zurück ins Gefängnis. Er wurde hier begraben, in Saint-Martin, auf dem jüdischen Friedhof. Das Gefängnis von Beau-Bassin stand unter Quarantäne, denn die Polioepidemie grassierte auf der ganzen Insel. Die Polizisten wollten mich ins Nordkrankenhaus schicken, doch meine Mutter flehte sie an, es nicht zu tun, und schließlich waren sie froh, mich loszuwerden. Das hat mir meine Mutter erzählt. Meine Erinnerung hört auf dieser kühlen Lichtung auf, als ich Davids Körper durch Farn und Schatten getragen und geschrien hatte.

Meine Mutter massierte mich zwei Monate lang mit Kräutern, Ölen und anderen Essenzen. Sie kochte mir Heiltränke und Tees. Schon im Morgengrauen rührte sie in ihrer Zinnschüssel ihre Mixturen aus Ölen und Kräutern an, und eine meiner ersten Erinnerungen nach David ist das gleichmäßige Löffelklappern auf dem Boden des Gefäßes. Im Mai 1945 kamen drei Sanitäter in weißen

Kitteln und fragten nach mir. Sie zogen von Dorf zu Dorf und nahmen die Kinder mit, die die Kinderlähmung überlebt hatten, um ihnen Beinprothesen anzupassen. Meine Mutter versteckte mich in dem Schuppen, wo wir vormals David versteckt hatten, und tat so, als verstünde sie kein Wort. Am nächsten Tag kamen sie wieder, doch dann gaben sie es auf, wozu sollte man bei armen Schluckern auch länger insistieren?

Ich blieb ein ganzes Jahr im Haus und verbrachte den größten Teil des Tages im Liegen. Manchmal weinte ich stundenlang. Mein Vater sprach nie wieder mit mir. Kaum jemand glaubt mir das, und doch hat er bis zu seinem Tod 1960 nie wieder ein Wort an mich gerichtet. Wenn er mir etwas zu sagen hatte, ließ er es durch meine Mutter ausrichten. Er wurde vom Gefängnisdirektor entlassen, nachdem man mich zusammen mit David gefunden hatte, und arbeitete seither als Handlanger bei einem Blechschmied in einer Werkstatt in der Stadt. Wenn er nach Hause kam, brachte er einen Geruch nach Metall mit, der mir durch und durch ging. Manchmal erhob er die Hand gegen meine Mutter, und dann schrie ich von meinem Bett aus, wie ich es nie für möglich gehalten hätte, und zwar so lange, bis er mit erhobener Hand in mein Zimmer polterte, bereit, mir diesen Schrei in den Hals zurückzustopfen. Aber er schlug mich nie wieder. Nie mehr. Mir blieb nur diese Notwehr, um meine Mutter zu schützen. Wenn er mich sah, hielt er inne. Ich weiß nicht, warum ich seit meiner Flucht diese Wirkung auf ihn hatte. Er stieß nur einige Flüche aus, boxte mit der einen Hand klatschend in die andere und ging wieder hinaus. Es war ein schreckliches Jahr für mich, und ich schäme mich nicht zu sagen, dass ich jeden Morgen darum betete zu sterben. Ich war zehn Jahre alt.

Doch mir stieß nichts zu, im Gegenteil, ich erholte mich von der Kinderlähmung. Ich trage keine Prothese. Trotz meiner verkümmerten Wade und eines leichten Hinkens konnte ich in meiner Jugend sehr schnell laufen. Ich erinnere mich, dass eine Zeitung in den siebziger Jahren über die Polioepidemie von 1945 berichtete und mich interviewte. In dem Artikel bezeichnete mich der Journalist als »wie durch ein Wunder geheilt«, doch ich bezweifle, dass er wusste, wie recht er damit hatte.

Ab und an begegne ich heute Menschen in meinem Alter, die diese schwarze, wuchtige Prothese mit dem ausgleichenden Absatz am Bein haben, und ich sehe sie mit Zärtlichkeit und einem leichten Schuldgefühl an. Ich traue mich nicht, ihnen zu sagen, dass auch ich an Kinderlähmung gelitten habe, ich allerdings zum Glück eine Mutter hatte, die mich über alles auf der Welt liebte und die in gewisser Weise eine Zauberin war.

Meine Mutter konnte weder lesen noch schreiben, und wenn es sein musste, drückte sie ohne Verlegenheit ihren Daumen auf ein Tintenkissen, um ein Dokument zu unterzeichnen. Immer wenn ich das Gefühl habe, mir könne nun keiner mehr etwas erzählen, fällt mir dieser blaue Abdruck ein, und das bringt mich wieder zur Besinnung. Gegen Ende ihres Lebens beschloss meine Mutter, die weder lesen noch schreiben konnte, in ein Altersheim in Albion an die Nordwestküste zu ziehen. Es war ein sonnenheller Ort in praller Hitze, und man musste die Augen zusammenkneifen, wenn man aufs Meer schauen wollte. Der Gedanke, dass meine Mutter dort wohnte, gefiel mir gar nicht, ich könnte nicht einmal genau sagen, weshalb, doch vielleicht weil sie so hartnäckig darauf bestanden hatte, dorthin zu ziehen, vielleicht weil sie mir so die einzige Aufgabe abnahm, die ich noch hatte, seit mein Sohn erwachsen und ich Witwer war, nämlich mich um sie zu kümmern, so wie sie sich um mich gekümmert hatte.

Eigentlich war es ein sehr angenehmes Haus. Zwischen Kasuarinen und hohen Banyanbäumen ein rotes, weithin sichtbares Dach, eine große Parabolantenne für den Empfang von etwa einhundert Fernsehprogrammen, überall Blumen und dazu eine Stille, in der man förmlich hören konnte, wie die Sonnenstrahlen die Hauswände erhitzten. Man hätte es für ein Hotel halten können. Meine Mutter hatte hier ein kleines Appartement, und wie sehr unterschied sich das von Mapou und Beau-Bassin! Ich glaube, ihr gefiel diese Veränderung sehr, dieses neue Leben mit Freunden, mit denen man einen kleinen Schwatz hielt, dazu einmal in der Woche ein Picknick am anderen Ende der Insel, Kartenspiele am Nachmittag, Yogakurse für die Beherzteren und am Abend das Fernsehen, bevor man bei offenem Fenster einschlief. Bei jedem Besuch umarmte ich sie, bevor ich wieder abfuhr, sah ihr aufmerksam in die Augen und fragte sie, ob sie nach Hause zurückkehren wolle. Ich nahm mir vor, auf der Stelle ihre Koffer zu packen, wenn ich den leisesten, den geringsten Zweifel über ihr Gesicht huschen sah. Doch nein, sie hakte sich bei mir ein und schubste mich laut kichernd zur Tür hinaus. Auf dem Hof schaute ich mich unweigerlich nach ihrem

Appartement um, und da stand sie auf dem Balkon, mit ihrem feinen Lächeln, eine Hand beschattend über den Augen, während sie mir mit der anderen zuwinkte, und mein Herz zog sich heftig zusammen. Ich sah sie plötzlich noch einmal in unserem Haus im Wald, mit hochgezogenen Schultern, als wäre sie für immer und ewig auf Schläge vorbereitet, ich sah sie noch einmal mit ihren Mixturen, ihren Elixieren und ihren Zauberformeln. Ich sah sie, von meinem Vater misshandelt, noch einmal fallen und spürte plötzlich ihr Gewicht in meinen Händen. Ich sah sie noch einmal mit dem roten Papagei und hörte, wie sie vor David in Lachen ausbrach. Ich dachte an die langen Monate zurück, in denen sie von morgens bis abends meine Beine massiert hatte, um mich zu heilen. Und dieses zarte, lächelnde Persönchen im prallen Sonnenschein auf dem Balkon, das war sie und war es auch wieder nicht, und auf dem Weg nach Hause haderte ich jedes Mal mit der Illusion dieses angenehmen Lebens am Ende, mit den Dingen, die viel zu spät kommen, um alles andere auslöschen zu können.

Dachte sie, wie ich es heute tue, in ihren letzten Lebensjahren über den Tod nach? Über diesen großen Sturmwind, der rings um mich her sein Werk verrichtete, indem er nacheinander Anil, Vinod, David, meinen Vater, meine Frau und meine Mutter mit sich fortnahm?

Einmal fragte ich sie, ob sie wisse, was das für Menschen im Gefängnis von Beau-Bassin gewesen seien. Sie sagte, man habe sich erzählt, es seien Einwanderer aus Europa gewesen, deren Schiff auf dem Weg nach Australien vor unserer Insel gestrandet sei.

»Und er hat dir nichts anderes erzählt?«

Dieses »er« kam erst recht spät zwischen meiner Mutter und mir auf. Vorher hatte ich wohl »Vater« gesagt, doch niemals »Papa«.

»Nein. Er sprach mit mir nicht über seine Arbeit.«

»Wusstest du, dass damals Krieg in Europa war?«

»Ja, das wusste ich. In Mapou gab es Männer, die zur Armee gingen. Man verdiente mit einem Gewehr in der Hand mehr für seinen Lebensunterhalt als mit einem Messer zum Zuckerrohrschneiden, weißt du. Sie bekamen Kleidung, sie bekamen Essen, und sie schickten ihren Familien Geld.«

»Du wusstest also von diesem Krieg? Und warum hast du mir nie davon erzählt?«

»Ich weiß nicht. Ich habe nicht daran gedacht.«

Den letzten Satz hatte ich etwas schroff hingeworfen, bereute es dann aber, denn natürlich hatte sie andere Dinge im Kopf gehabt, ihre beiden toten Söhne, ihren gewalttätigen Mann, ihren kleinen, schweigsamen und wilden Sohn.

Als das Gefängnis von Beau-Bassin dann leer stand und ich endlich wieder zur Schule ging, sprach ich nie über David, mit keiner Menschenseele. Ich stellte niemals Fragen, erzählte niemals, was ich erlebt hatte, schrie meinen Schmerz nicht hinaus. Ich erholte mich und machte weiter wie zuvor. Als meine Mutter mich fragte, wo ich denn mit David hingewollt hatte, antwortete ich: »Zu Anil nach Mapou.« Zärtlich sagte sie einen Satz, wie man ihn zu Kindern immer sagt: »Anil ist im Himmel«, und nahm mir das Versprechen ab, nie wieder wegzulaufen. Ich wollte später nie mehr zu Anil zurück, denn, so seltsam es auch klingen mag, nun, da David gestorben war, hatte ich das Gefühl, dass auch Anil wirklich tot war.

Wenn ich in der Morgenkühle zur Schule ging und der Tau in der Stille funkelte und glitzerte, dröhnte die Leere in mir. Ich begann wieder, mich in Löchern zu vergraben, mein Gesicht in der Erde zu verbergen, mich im Gebüsch zu verkriechen und auf Bäume zu klettern, um mich zu verstecken. Ich ging zum Gefängnis und brachte Stunden damit zu, den öden, schmutzigen, verwahrlosten Hof zu beobachten. Nur dort, an diesem Ort, an dem ich David zum ersten Mal gesehen hatte, nur dort erlaubte ich mir zu weinen. Wie das Gefängnis von Beau-Bassin war nun auch mein Leben leer, und ich begann wieder Selbstgespräche zu führen, sprach mit meinen Brüdern, sprach mit David. Wenn ich die Augen schloss, bildeten Anil, Vinod, David und ich eine unsichtbare Brüderschar, und manchmal hatte ich in meinen Träumen blonde Haare.

Die Zeit verging. Während der Wald Winter für Winter dichter wurde und die Früchte sich Sommer für Sommer mit Saft füllten, wuchs ich heran. Ab und an holte ich aus meinem Versteck im Schrank Davids Kette hervor. Ich wickelte sie mir um die Finger wie einen Rosenkranz, schloss die Augen und spürte wieder die Gewissheit meiner Freundschaft mit David.

1950 war ich fünfzehn Jahre alt und hatte das sagenhafte Stipendium erhalten, von dem Mademoiselle Elsa meiner Mutter erzählt hatte. Seit einem Jahr war ich einen Kopf größer als mein Vater. Morgens hegte ich eine unterdrückte Wut und sprach kein Wort mit meiner Mutter. Sie wirtschaftete rings um mich herum, meine arme

Mutter, bereitete mir meinen Tee und mein Brot, war stolz auf mich, war nicht mehr so verzagt, sah mir nach, wenn ich ging, doch ich würdigte sie keines Blickes. Unterwegs hob ich manchmal einen Stein auf und warf ihn weit weg, nach vorn oder in den Wald hinein, dann nahm ich einen zweiten und einen dritten und einen vierten, und ich hörte nicht mehr auf zu werfen, die Wut stieg mir in die Augen, und bei jedem Wurf stieß ich einen Schrei aus, etwas zwischen einem Schluchzen und einem angestrengten Stöhnen, bis keine Steine mehr da waren. Wenn ich gelegentlich einen Stock aufhob, irgendeinen, aus einem Impuls heraus, so wie es jeder beim Wandern tut, kam plötzlich die Erinnerung, und ich zerschmetterte den Stock an einem Baum oder auf dem Boden, demolierte und zertrümmerte ihn, bis von ihm nur noch Splitter und Striemen an meinen Händen übrig waren. In der Schule rempelte ich andere beiseite, redete nicht, wirkte angsteinflößend mit meiner Art, die Kiefer zusammenzupressen und die Luft anzuhalten, bis die Adern an meinem Hals und meiner Stirn anschwollen. Manchmal juckte es mir in den Fingern, und meine Fäuste trafen einen Tisch, eine Wand, einen Baumstamm und ein-, zweimal ein Gesicht. Mit dieser Wut unterdrückte ich meine Traurigkeit und meine Erinnerungen. Wenn ich, selten genug, darüber nachdachte, was ich tat und was aus mir wurde – mit dieser Art, meine Mutter nicht mehr anzusehen, mit großen Schritten zu gehen, den Kopf ruckartig zu wenden, mich mit schroffen Gesten zu bewegen, leicht aufzubrausen, die Fäuste zu ballen, nicht zu sprechen und blind zuzuschlagen –, wusste ich, wem ich ähnelte. Und diese Vorstellung, diese unleugbare Tatsache, dass ich letztlich doch nur der Sohn meines Vaters war, brachten mich auf Selbstmordgedanken, und wieder bedauerte ich, dass von allen, von allen guten und anständigen Menschen, die in Anil, Vinod und David geschlummert hatten, ich derjenige war, der überlebt hatte. Ohne Zweifel hätte ich eine Dummheit begangen, welche auch immer, vielleicht wirklich jemanden verprügelt, mich mit meinem Vater geschlagen, mich ins Meer gestürzt, was weiß ich, auf jeden Fall hätte es ein böses Ende mit mir genommen, wie man so sagt.

Doch dann kamen da diese Geschichtsstunden. Ich war fünfzehn Jahre alt, und eine Woche lang behandelte der Lehrer, ein leicht pedantischer Herr mit dem Namen einer Blume, doch ich weiß nicht mehr, welche es war, von zehn bis zwölf Uhr mittags den Zweiten Weltkrieg. Das war 1950, und so unglaublich das heute auch scheinen mag, ich hörte zum ersten Mal davon. Er hatte eine große Karte mit gebogenen Pfeilen ausgerollt, um die Angriffe, Invasionen und Landungen zu zeigen. Dann sprach er über die Juden. Wie soll ich beschreiben, was in mir vorging, als dieser Lehrer von Pogromen, gelben Sternen, Ausrottung, Todeslagern und Gaskammern sprach? Ich war entsetzt über das, was ich da erfuhr, und zugleich war ich zum ersten Mal seit langer Zeit wieder glücklich: David war zurückgekehrt. Ich stand morgens auf und dachte an meinen Freund. Ich dachte an seine besondere Weitsprungtechnik, an seinen schiefen Gang. Das machte mich traurig, doch es ließ mich auch lächeln, und ich vergaß, Steine zu werfen, Stöcke zu zerschmettern und Mitschüler anzurempeln. Ich dachte an meine Nächte im Gefängnis zurück, an die Lieder dort, an meine Mutter und an den Papagei, und all diese Erinnerungen begleiteten mich durch den Tag.

Ich wartete darauf, dass der Lehrer endlich von jenen Menschen sprach, die in Beau-Bassin gewesen waren und von denen meine Mutter mir erzählt hatte, sie hätten sich wieder eingeschifft. Was, wenn es das, wovon der Lehrer gesprochen hatte, auch hier irgendwo gab? Solche Grausamkeiten, solche Schornsteine wie die in Mapou, wo anstelle des Zuckerrohrs, das im Feuer knisterte, vielleicht Männer, Frauen und Kinder waren? Ich konnte kaum noch auf meinem Stuhl still sitzen. Am Freitag, als der Lehrer ankündigte, dass er in der folgenden Woche über Napoleon Bonaparte sprechen wolle, meldete ich mich. Dazu muss gesagt werden, dass es in jenen Jahren keineswegs üblich war, dass ein Schüler ungebeten das Wort ergriff.

»Ja, Raj?«

»Monsieur, könnten Sie über die Juden sprechen, die hierherkamen?«

»Wie bitte?«

»Könnten Sie, bitte, über die Juden sprechen, die hierherkamen?«

»Aber hier gab es doch gar keine Juden. Wie kommst du denn auf so eine Idee? Meinst du, die sind von Europa herübergeschwommen, oder wie?«

Ich weiß nicht mehr, wer als Erster loslachte, und im Grunde ist das auch egal. Ich setzte mich wieder, während die Klasse und auch der Lehrer sich vor Lachen ausschütteten. Dass die anderen sich noch lange über mich lustig machten, dass der Lehrer mich zur großen Freude der ganzen Klasse in der darauffolgenden Woche fragte, ob ich glaube, dass auch Napoleon auf unsere Insel gekommen sei, all das war vollkommen egal. Was zählte, war, dass meine Wut verschwunden war, dass der kleine Raj, der ich einmal gewesen war, letztendlich doch nicht ganz tot war. Und man kann sagen, was man will, glauben, was man will, doch nie wird man mir die feste Überzeugung nehmen, dass David in gewisser Weise zurückgekehrt war, um mich auf den rechten Weg zu bringen, und dass er mein Leben lang mein guter Geist blieb.

Ich musste bis 1973 warten, um zu erfahren, wie die Juden von Beau-Bassin auf die Insel gekommen waren.

Damals, 1973, war ich ein glücklicher Mann. Nach der Schule hatte ich eine dreijährige Ausbildung absolviert, um Lehrer zu werden. Der kleine Raj in meinem Herzen war friedlich eingeschlafen, ich hatte ein rotes Kästchen gekauft, in das ich Davids Kette legte, und meine Frau – die Einzige, der ich diese Geschichte erzählt hatte – bewahrte es bei dem Schmuck auf, den sie zu unserer Hochzeit bekommen hatte. 1973 war ich jung und stark, die Jahre in Mapou und in Beau-Bassin hatten aus mir, wie ich hoffe, einen anständigen, ehrlichen und fleißigen Mann gemacht. Ich sorgte für meinen Sohn, für meine Frau und für meine Mutter, hatte ein kleines Haus mit Blumen und Obstbäumen ringsumher, und wenn ich abends heimkam, nachdem ich den ganzen Tag vor kleinen Kindern Lesen und Schreiben unterrichtet hatte, wartete meine Familie auf mich und freute sich, mich zu sehen. Wie schön war diese Zeit, als ich das Gefühl hatte, dass ich nützlich war und dass durch meine Liebe meine Familie, meine Frau, mein Sohn, meine Mutter ernährt wurden. Damals, als ich so glücklich war, als ich jung und stark war, zerbrach ich dennoch wie ein trockener, von Motten zerfressener Ast, als ich schließlich Davids wahre Geschichte erfuhr.

Wir wohnten in einem kleinen Dorf im Osten des Landes. Alle Menschen, die ich liebte und die noch lebten, waren in meiner Nähe, und ich hatte das Gefühl, dass die Jahre des Unglücks für mich vorbei waren. Mein Vater starb 1960, und ich erinnere mich, dass mir Tränen über die Wangen liefen, als ich sein Leichenfeuer entzündete und ich mich fragte, wie ich jemanden beweinen konnte, der mich so viel geschlagen und gequält hatte.

Es war an einem Sonntag, und damals liebte ich die Sonntage sehr. Morgens frühstückten wir zusammen, wir aßen Käse und Konfitüre. Meine Frau raspelte den Käse, und es kam mir vor, als gäbe es keinen Altersunterschied zwischen mir und meinem Sohn, als wir beide mit runden Augen begehrlich auf den kleinen, blassgelben Berg starrten. Meine Mutter nahm sich die Streifen alle einzeln, was mir noch heute ein Lächeln entlockt, und ich sehe sie vor mir, wie sie sich jedes noch so winzige Stück feierlich in den Mund steckt. Während meine Frau und meine Mutter anschließend ein üppiges Mittagessen vorbereiteten, nahm ich meinen Sohn mit ins zwei Kilometer entfernte Zentrum des Dorfes, um die Zeitung zu holen. Auch das war etwas Besonderes. Ich hielt ihn unterwegs bei der Hand, und unsere Nachbarn grüßten mich respektvoll, weil ich der Lehrer war. Wir durchquerten ein Zuckerrohrfeld, gingen durch eine Straße mit Häusern im Flamboyantstil und kamen, an weiteren Häusern vorbei, ins Zentrum des Dorfes. Dort gab es eine Eisenwarenhandlung, einen

Fahrradschlosser und einen Lebensmittelladen, in dem alles Mögliche verkauft wurde: Tabak, Alkohol, Gemüse, Konserven, Bonbons und die Zeitung. Der Besitzer bestellte immer nur zehn Exemplare und bewahrte sie wie Luxusartikel in einem Schaukasten auf. Mein Sohn und ich brauchten lange für diesen Weg, denn wir blieben oft stehen, um mit den anderen Dorfbewohnern zu plaudern. Wie einem Arzt hatte auch mir jeder etwas zu erzählen. Kurz bevor wir nach all den Gesprächen am Laden ankamen, sagte man: »Sie holen sich Ihre Zeitung, nicht wahr?« Und auf dem Rückweg sagte man: »Sie haben sich wohl Ihre Zeitung geholt!«

Mein Sohn suchte sich ein Bonbon, einen Kaugummi oder eine Limonade aus, wobei er sich viel Zeit ließ, und da Sonntag war, ließ ich ihn gewähren und schwatzte ein wenig mit den Männern am Ladentisch, was sehr angenehm war. Auf dem Heimweg pflückte ich wild wachsende Blumen für meine Frau, und ich glaube wirklich, dass ich damals der einzige Mann in unserer Gegend war, der so etwas tat. Wenn wir nach Hause kamen, war das Essen fast fertig, meine Frau stellte mit geröteten Wangen die Blumen in ein Glas – erinnerte sie sich an unser erstes Rendezvous am Hafen? –, und wir setzten uns zu Tisch. Nach dem Essen las ich auf einem Korbliegestuhl unter einem großen Mangobaum die Zeitung. Es herrschte eine ganz besondere Atmosphäre, und ich freute mich des Lebens. Und dort, unter dem Mangobaum, erfuhr ich, wie die Juden wirklich auf unsere Insel gekommen waren. Es war ein kurzer Artikel auf Seite sechs, und er berichtete über eine kleine Zeremonie auf dem Friedhof von Saint-Martin.

»Am Freitagmorgen herrschte auf dem jüdischen Friedhof von Saint-Martin ein ungewöhnlich reges Treiben. Eine etwa zehnköpfige Delegation aus den Vereinigten Staaten hatte sich an den Gräbern von 127 Juden versammelt, die während des Zweiten Weltkriegs auf Mauritius im Exil gestorben waren. Unter den Delegationsmitgliedern befanden sich vier alte Emigranten, die achtundzwanzig Jahre nach ihrer Ausreise erstmals wieder ihren Fuß auf den Boden des Landes setzten, das ihnen lange verhasst gewesen war.

Dieses Kapitel der Weltgeschichte ist bis heute kaum bekannt. Dabei spielte die Insel Mauritius trotz ihrer großen Entfernung zu Europa ebenfalls eine Rolle im Zweiten Weltkrieg. Am 26. Dezember 1940 legt die Atlantic *mit etwa 1500 Juden an Bord in Port-Louis an. Unter ihnen befinden sich Österreicher, Polen und Tschechen, die seit Herbst 1939 vor den Nazis auf der Flucht sind. Manche schifften sich in Bratislava ein, andere im rumänischen Tulcea. Alle wollen sie nach Palästina, das unter britischem Mandat steht. Da sie über keine vorschriftsmäßigen Einreisepapiere verfügen, als sie im Hafen von Haifa eintreffen, werden sie vom British Foreign Office und vom British Colonial Office kurzerhand als illegale Einwanderer eingestuft. Der* Atlantic *wird die Einreise verwehrt, und man deportiert die Juden auf die Insel Mauritius, die zu der Zeit britische Kolonie ist. Die Juden werden bis August 1945 im Gefängnis von Beau-Bassin interniert, wo in diesen vier Jahren des Exils 127 von ihnen sterben und in Saint-Martin beigesetzt werden.*

Im Rahmen der bewegenden Zeremonie, während der auf jedem Grab ein kleiner Blumenstrauß niedergelegt wurde, gab eine alte Emigrantin, die 1925 in Prag geborene Hannah, im Beisein der Delegation und einiger Schaulustiger uns gegenüber die folgende Erklärung ab: ›Wir waren vier Jahre in Beau-Bassin eingesperrt und konnten nicht verstehen, weshalb wir, noch dazu in einem so entlegenen Land, ins Gefängnis gesteckt worden waren. Niemand wusste von unserer Existenz, wir waren Aussätzige, unser tägliches Leben war hart, und wir durften nicht raus. Tag für Tag hegten wir nur den einen Wunsch: nach Eretz zu kommen. Als wir im August 1945 endlich abreisten, schwor ich mir, wie viele andere Häftlinge auch, nie wieder einen Fuß auf die Insel Mauritius zu setzen. Doch heute bin ich hier und gedenke meiner Freunde von der Atlantic *und aller Juden, die nicht wie ich das Glück hatten zu überleben.‹*

Anschließend wurde die Delegation vom Außenminister empfangen, der ihren Mitgliedern die sorgfältige Pflege des Friedhofs und die baldige Einrichtung eines Komitees zum Gedenken der auf Mauritius inhaftierten Juden in Aussicht stellte. Leider sind uns nicht alle Einzelheiten dieser tragischen Episode der Weltgeschichte bekannt, da die entsprechenden Dokumente in den Archiven des Foreign Office noch immer unter Verschluss gehalten werden.«

Das Blut in meinen Schläfen pochte immer stärker, je weiter ich den Artikel las. Ich erinnere mich, dass ich mein Gesicht in den Händen vergrub und weinte, wie ich seit Jahren nicht mehr geweint hatte. Als ich von meinem Liegestuhl aufstehen wollte, um mir das Gesicht waschen zu gehen, fiel ich um wie ein vom Zyklon gefällter Baum, denn mein Herz ertrug diese geballte Ladung von Erinnerungen nicht.

Von nun an suchte ich David unermüdlich in Büchern, Filmen und Archiven, um wenigstens eine schwache Ahnung davon zu bekommen, wie er diese schrecklichen Jahre erlebt hatte. Ich suchte eine Stimme, Worte oder auch eine Gefühlsregung, die seine hätte sein können: die eines Kindes, das man mit seinen Eltern auf ein mit Flüchtlingen beladenes Schiff nach Palästina verfrachtet hatte, als es fünf Jahre alt war. Wann und wie sind seine Eltern ums Leben gekommen? Wer hat ihn in diesem Moment in die Arme genommen, um ihn zu trösten? Wer hat sich um ihn gekümmert? Ich weiß es nicht.

Als ich das rote Kästchen mit Davids Stern darin in die Erde unter dem schwarzen Granit seines Grabes schiebe, sehe ich noch einmal dieses blonde Kind vor mir, seine wundervollen Sprünge, sein gutmütiges Gesicht, das sich vom Himmel und vom Laubwerk der Bäume abhebt, sehe noch einmal den roten Papagei auf seinem goldblonden Haar und nehme mir vor, die Geschichte von David unverzüglich meinem Sohn zu erzählen, damit auch er sich erinnert.

Tschingis Aimatow *Dshamilja*

Während der ungeliebte Ehemann Sadyk in der Sowjetarmee dient, lernt die selbstbewusste, lebensfrohe Dshamilja den scheuen, träumerischen Frontheimkehrer Danijar kennen und lieben. Aus Liebe zu Danijar sagt Dshamilja sich von ihrem Heimatort und den alten Traditionen los und zieht mit ihm in die Ferne.

Reginald Arkell *Pinnegars Garten*

Herbert Pinnegar entdeckt schon früh seine Liebe zu den Blumen und fängt als junger Bursche an, im Garten von Lady Charteris Unkraut zu jäten. Als der altersgrantige Obergärtner abtritt, übernimmt Herbert das Gartenregiment und teilt sein Leben fortan mit Heckenrosen und Buschwinden. Er ist ein wandelndes Kompendium des Gartenwissens und ein Zauberer, der es schafft, seine Lady immer wieder in Erstaunen zu versetzen.

Richard Mason *Suzie Wong*

Der Maler Robert Lomax ein Zimmer in einem chinesischen Hotel direkt am Hafenkai Hongkongs. Den Barmädchen ist er kein Kunde, sondern schon bald ein Freund und Vertrauter. Für die temperamentvolle Suzie Wong empfindet Robert mehr. Doch es sind nicht nur gesellschaftliche Hürden, die er überwinden muss, bis er das Herz eines Mädchens erobern kann, das sich mit käuflicher Liebe seinen Lebensunterhalt verdient.